법보다 주먹! 2

사략함대 장편소설

초판 1쇄 찍은 날 § 2016년 2월 5일
초판 1쇄 펴낸 날 § 2016년 2월 15일

지은이 § 사략함대
펴낸이 § 서경석

편집책임 § 이재림

펴낸곳 § 도서출판 청어람
등록번호 § 제387-1999-000006호
등록일자 § 1999. 5. 31
어람번호 § 제1-2352호

주소 § 경기도 부천시 원미구 부일로 483번길 40 서경B/D 3F (우) 14640
전화 § 032-656-4452 팩스 § 032-656-4453
http://www.chungeoram.com
E-mail § chungeorambook@daum.net

ISBN 979-11-04-90636-7 04810
ISBN 979-11-04-90634-3 (세트)

사략함대 장편소설

FUSION FANTASTIC STORY

2

썸보다 주먹!

법보다
주먹!

목차

제1장

니들은 쌍으로 사이코다

월요일 아침.

오늘은 내가 곡소리 내는 날이다.

파란만장하던 주말이 지나고 나는 다시 고3으로 월요일을 시작했다. 아침에 일어나 가족들의 밥을 챙기는 엄마의 뒷모습과 밤에 무슨 일을 하셨는지 피곤한 기색이 역력한 아버지, 거기에 담배를 끊어야겠다는 누나까지.

엄마가 돌아오니 딱 하루 만에 집안 분위기가 달라졌다.

"오늘 니들 곡소리 나는 날이재?"

"예, 선생님……."

애들이 시무룩한 목소리로 대답했다.

"박동철!"

"예, 선생님!"

"너는 큰일 났다고 본다."

"…예."

담임이 기말고사 성적표를 나눠 줬고, 나는 다리를 달달 떨며 성적표를 봤다. 그리고 조명득도 나랑 똑같이 떨고 있다.

'졸라 심장 쫀득하게 만드네.'

천천히 쪼는데 첫 숫자 1이 보였다.

최악의 경우에는 19등이라는 것이다. 아무리 그래도 100등 밑으로 내려가진 않았을 테니까.

'제발~ 제발~ 제발!'

떨린다.

"야호! 170등이다! 다 죽었어!"

조명득이 버럭 소리를 질렀다. 얼마나 애새끼들이 공부를 안 했으면 조명득이 딱 한 달 공부했는데 170등까지 올랐다. 이걸 가지고 쌤은 또 한번 조명득의 기적이라고 말할 것 같다. 그리고 다시 한 번 조명득은 천재라는 생각을 했다.

조명득의 등수를 들은 애들의 표정이 굳어졌다. 또 아침부터 곡소리가 날 것 같다. 그리고 나 역시 그 곡소리에 동참할 것이고.

"니는 몇 등이고?"

조명득이 재미있다는 표정으로 기웃거렸다. 마음 같아서는 내가 달달 떨며 아직 확인하지 않은 성적표를 낚아채서 보고 싶겠지만 그랬다가는 묵사발이 날 거라는 것을 아는 듯 옆에서 실실 쪼개고만 있다.

"기다려라."

나는 쫄깃한 심장을 진정시키며 성적표를 봤다

"19등이네. 나는 이제 뒤졌다. 히히히!"

사랑의 빠다 18대 당첨되는 순간이다. 아마 쌤은 본보기로 열과 성의를 다해 빠따를 휘두르실 것이다.

틱! 틱!

그때 저승사자처럼 쌤이 복도에서 곡괭이 자루를 툭툭 치며 걸어오는 소리가 내 귀에 들렸다.

"…꼭 저러신다니까."

공포 분위기를 조성하기 위해 기말고사 성적 발표가 있는 날에는 저러신다.

"쌤 오신다. 니들 다 죽었데이~ 공부 좀 해라, 자슥들아! 공부해서 남 주나!"

이 교실에서 신난 놈은 조명득뿐이다.

"우리 똥칠이의 기적도 빠다 18대 당첨이다."

망할 놈의 새끼가 좋아 죽고 있다.

저게 친구일까, 웬수일까?

고민되는 순간이다.

＊　　　　＊　　　　＊

교실 밖 복도.

"쌤은 여전하시네요. 호호호!"

"이건 내 분신이지. 그런데 니 옷이 좀 그렇다. 요즘 애들은 애들이 아니다. 상사빙 걸린다."

놀랍게도 짧고 하얀 원피스를 입고 쌤과 같이 복도를 걷고 있는 것은 윤미정이었다.

"주의할게요, 쌤. 그런데 오늘 매타작하는 날인가요?"

"뒤질 새끼가 있데이."

"누군데요? 쌤이 찍으면 서울대 가잖아요."

"가는 못 갈 것 같다."

"쌤이 찍어도 서울대 못 간다고요?"

"겨우 기말고사에 전교 19등 해서 서울대 가겠나?"

쌤이 피식 웃었다.

"그건 그렇고, 네가 우리 학교에 영어교사로 올 줄은 몰랐네."

"저도요."

"아버지는 잘 계시고?"

"예, 쌤이랑 한잔하시겠다고 약속 잡겠대요."

"내는 폭탄주는 싫다. 여기다. 오늘 여기서부터 곡소리 난다.
그리고 니가 잘 알아서 하겠지만 학교에는 못 오시게 해라."

이건 다시 말해 쌤도 윤미정의 부친이 누구인지 알고 있다는
말이다.

"예, 쌤!"

"기억나나? 느그 아버지 뭐 하시노? 내가 그랬제? 하하하!"

"예, 쌤! 제가 아버지 청소한다고 말씀드렸죠. 호호호!"

"벤츠 타고 청소하신다는 분 처음 봤다. 요즘에는 TV에 안 나
오시데?"

"예, 쌤! 사업하세요."

"잘됐다."

물론 사업도 사업 나름이겠지만.

"하여튼 들어가래이. 알라들은 초장에 잡아야 한다."

"예, 쌤!"

*　　　　　*　　　　　*

"박똥철이~"

쌤이 나를 불렀지만 나는 멍해져 대답을 못했다.

쌤의 옆에 차분히 서 있는 선생님이 있었는데, 돌섬에서 본 윤미정이었다.

윤미정은 나를 묘한 눈으로 보고 있었다. 아마 조명득 역시 멍해 있을 것이다.

"똥철이! 정신 나갔나!"

쌤이 다시 버럭 소리를 질렀다.

"아, 아닙니다!"

윤미정은 여전히 나를 보고 웃고 있다.

"퍼뜩 나온나."

이제부터 곡소리가 날 시간이다.

쌤은 인정사정, 그런 게 없기 때문에 쌤의 빠따는 참을 수 없을 정도로 아프다.

하지만 우리를 대하는 쌤의 마음에 사랑이 있다는 것을 알고 있기 때문에 모범생이든 양아치든 쌤을 신고하는 애들은 한 명도 없었다.

"예, 쌤!"

나는 바로 교탁 앞으로 나왔다.

"몇 대고?"

"18대입니다."

"19등이면 19대지. 19는 19지."

"1등 떨어질 때마다 한 대씩이라고 하셨습니다."

"19등 떨어졌지 않나."

"쌤, 셈이 틀린데요."

"니는 무조건 19대다."

"…예."

쌤이 그렇다면 그런 것이다. 그냥 귀찮다고 반올림해서 20대가 아닌 것만으로도 다행이라고 생각해야 할 것이다.

"조명득이!"

"예, 쌤!"

조명득만 표정이 밝다.

"이대로 죽어라 공부하면 가고 싶은 대학은 가겠다."

"그러면 갱찰대학에 갈 수 있습니까?"

조명득의 말에 쌤이 어이가 없다는 표정으로 변했다.

"니들이 불알친구라는 것은 알겠는데, 와 자꾸 불가능한 일에 쌍으로 도전하노?"

"불가능합니까?"

"거의! 아니, 그냥 안 된다!"

쌤이 인상을 찡그렸다.

"제 목표는 갱찰대학입니다."

"…해봐라! 기적은 일어나라고 있는 기라."

"예, 쌤! 그리고 쌤!"

"와?"

"하시던 거 계속 하셔야지예."

"그라지. 깜빡했대이. 똥칠이! 엎으라!"

망할 새끼!

타이밍이 좋아서 깜빡하고 넘어갈 수도 있는데 조명득의 고자질 때문에 망쳤다.

"예, 쌤!"

"주관식만 틀렸대?"

"예, 쌤. 이제부터는 주관식 위주로 공부하겠습니다."

"그건 니 마음대로 하고, 간다! 똑디 대라!"

"예, 쌤!"

퍽!

"으윽!"

쌤에게 봐주는 것 따위는 없었다.

"치사한 새끼!"

쌤이 한 대 때리고 나를 내려다봤다. 이래서 연륜은 못 속이는 것 같다.

사실 나도 이렇게 치사한 방법을 사용할 생각은 없었다. 하지만 다가오는 빠따의 두려움에, 애들이 다 하는 방법을 따라 했는데 바로 걸렸다.

'쪽팔리게.'

"예?"

최대한 모르는 척할 생각이다.

"빼라! 치사하게 그라면 안 되재. 뭐꼬?"

"…체육복인데요."

"그래? 그럴 줄 알았다. 까라!"

순간 당황스러웠다.

"뭐… 뭐를 깝니까, 쌤?"

"바지 벗으라고."

"아, 쌤~"

나는 힐끗 윤미정을 봤다.

윤미정은 재미있다는 듯 미소를 짓고 있다.

윤미정이 이제는 사라지고 없는 용봉철의 후임 영어선생님이라는 것이 정말 놀라웠다.

"와? 예쁜 쌤이 있다고 쪽팔리나?"

"그게요……."

"벗어라."

"…예."

나는 마지못해 바지를 벗었고, 체육복 상태로 다시 엎드렸다.

퍼어억!

"으윽!"

그렇게 나는 윤미정이 보는 앞에서 한 대의 에누리도 없이 19대를 다 맞았다.

다른 놈들은 많다고 깎아도 주는데 말이다.

"박똥철이!"

"예, 쌤."

"다음에는 전교 10등 안에 못 들면 50대다.

"쌤에에엠!"

"앵앵거리지 말고 후딱 들어가라!"

"…예."

나는 꾸벅 인사를 하고 자리로 돌아왔다.

"오늘은 쌤의 제자가 쌤이 되어 와서 기분이 참 좋다. 그래서 다른 아들은 딱 반씩 깎아준다."

말 그대로 나만 에누리 없이 다 맞고 나머지 애들은 50퍼센트나 깎아줬다. 편애를 이런 식으로 하면 안 되는데 세상은 항상 공정하지 않았다.

"그런 것이 어디에 있습니까, 쌤?"

원래 공부의 목적이 애들 곡소리 나게 만드는 것이던 조명득이 버럭 소리를 질렀다.

"참, 조명득이!"

"예, 쌤!"

"니는 다음 기말고사에 100등 안에 못 들면 니도 50대다."

순간 쌤의 말에 조명득의 표정도 굳어졌다.

"쩨에엠!"

"조용히 해라. 윤미정 쌤, 인사하세요."

쌤이 조명득의 아우성을 무시하고 윤미정을 봤다. 정말 이게 무슨 시추에이션인지 모르겠다.

"예, 쌤."

윤미정이 쌤에게 웃고 교탁으로 올라왔다.

그런데 윤미정도 쌤을 쌤이라고 불렀다.

우리 학교에서 쌤이라고 불리는 선생님은 쌤뿐이다.

원래 쌤은 사투리처럼 쓰이는 단어인데 우리 학교에서는 쌤이

고유명사가 됐다.

간혹 다른 선생님들도 자신에게 학생들이 쌤이라고 불러주기를 은근히 기대했지만 쌤은 딱 쌤 한 분뿐이라는 것이 학생들의 생각이었다.

"안녕하세요. 윤미정입니다. 영어를 담당하게 되었습니다. 쌤한테 들은 것처럼 쌤의 수제자입니다. 그러니 성깔을 아실 겁니다."

물론 성깔이 있다는 것을 조명득과 나는 알고 있다.

그렇게 내가 구한 윤미정은 영어선생님이 되어 교탁에 섰다.

'왜, 왜 나를 저렇게 보지?'

나를 보는 눈빛이 참 묘했다.

'저 여자는 호랑이야!'

나도 모르게 온몸이 부르르 떨렸다.

괜한 스캔들이라도 나면 이유 없이, 소리 소문도 없이 발목에 시멘트칠을 당해서 바다 속에 던져질 것이다.

그러니 어떤 이유에서도 멀리해야 한다.

"…영어선생님이 니 보고 있대이."

윤미정 선생님의 묘한 눈빛을 조명득도 감지한 것이다.

"신경 꺼라!"

"은희한테 라이벌 생기는 기가?"

"나는 학생이고, 저 여자는 선생님이라고."

"그래, 저 여자."

그러고 보니 여자는 여자다.

'호랑이라니까. 근처에 가면 먹혀.'

다시 한 번 인상을 찡그렸다.

"거기!"

윤미정 선생님이 속삭이고 있는 나와 조명득을 지목했다.

"예, 선생님!"

"지방방송 꺼라."

순간 윤미정이 카리스마를 뿜어냈다.

포스가 쌤과 거의 흡사했다.

"예, 선생님."

바로 꼬리를 내렸다.

깝치면 절대 안 된다. 만약 집에 가서 오늘 학교에서 이상한 애들 때문에 힘들었다고 아빠에게라도 말이라도 꺼내면 그날 바로 잡혀갈지도 모른다.

딸바보는 어디에든 있으니까.

"선생님!"

꼭 이럴 때는 눈치가 없는 조명득이 나선다.

"왜?"

"애인 있으세요?"

보통 이렇다. 총각 선생이 오거나 처녀 선생이 부임하면 꼭 이런 질문을 한다.

"없어."

"에에에에이이이~ 우우우우!"

애들이 아무것도 모르고 야유 비슷하게 소리쳤다.

"조용히 해라!"

쌤이 나서자 주위는 바로 조용해졌다.

"윤미정 선생님, 나는 나가 볼게요. 잘해요. 저것들 다 짐승 새끼들이니까."

"호호호! 예, 쌤!"

그렇게 쌤이 나가셨다.

"정말 없습니까?"

조명득이 끝을 보려는 모양이다.

"응, 없어. 하지만 이제 만들어보려고."

또 나를 봤다.

'당신은 선생이고 나는 학생이라고요!'

속으로 미친 듯 소리쳤지만 그저 이 순간은 고개를 숙일 뿐이
다. 하여튼 그렇게 내가 구한 윤미정은 영어선생님으로 우리 학
교로 왔다.

그리고 몇 가지 놀라운 반전이 시작됐다.

"요즘 튀김 색깔이 노릿노릿한 게 좋아."

조명득이 튀김을 보면서 헤헤거렸다. 사실 요즘 급식 비리가
있다는 생각이 들었는데 어느 순간 급식 상태가 좋아졌다.

공교롭게도 윤미정 선생님이 학교로 부임한 지 얼마 되지 않
아서 급식 상태가 달라졌다. 예전에는 거의 튀김옷 색깔이 검은
색에 가까웠는데 지금은 확실히 달라졌다.

"그냥 드세요."

"좋은 것은 좋은 거제. 안 그라나?"

"그렇지."

하여튼 우리의 고3은 빠르게 지나가 여름이 지나고 가을이
지났다. 또 하나 크게 달라진 것이 있다면 학교 이사장이 바뀌

었다는 것이다. 생각해 보니 튀김옷의 색깔이 변할 때부터 교체가 진행된 것 같다.

사립학교이기 때문에 이사장이 바뀌었다는 것은 한마디로 팔렸다는 것이고, 가끔씩 최문탁이 학교로 왔다.

양복을 잘 차려입은 최문탁.

사람들은 그의 실체를 모르겠지만 나는 알고 있다.

조폭이라는 것을.

그리고 칠승파가 이 학교를 차지했다는 것을.

아마도 칠승파라는 것을 숨기기 위해 새로운 장학재단을 만들었을 것이다. 그리고 법인화했을 것이다.

조직이 기업화가 되고 있는 것이다.

그런데 더 놀라운 것은 학교에서 공공연하게 일어나던 내신성적 조작도 사라졌다는 것이다. 그리고 문현철이 전학을 갔다.

'칠승파 보스는 딸바보네.'

한마디로 칠승파 보스께서 딸을 위해 우리 학교를 사버린 것이다. 물론 협박이 있었을 것이다. 아는 사람은 알지만 원래 학교가 돈이 된다. 어떤 면에서 부산 칠승파는 조직에서 진화해서 기업으로 변화하고 있는 것이다. 그리고 그 중심에 최문탁이 있을 것이다.

조폭이 운영하는 학교?

그런데 참 아이러니하게도 이런저런 비리가 사라졌다. 그리고 쌤은 교감으로 승진했다. 문제는 쌤은 여전히 쌤이라는 것이다. 아마 전국에서 유일하게 몽둥이를 들고 다니는 교감쌤일 것이다.

그리고 내신에 반영되는 기말고사가 끝났다. 나는 내신 성적을 3등급까지 끌어올렸고, 조명득은 5등급까지 올렸다.

이제 남은 것은 수능이다.

이 상태에서 나는 서울대 입학이 어렵고 조명득은 경찰대학 입학이 어렵다. 수능에서 기적이 일어나지 않는 한 말이다.

*   *   *

—똥칠아~

교내 방송으로 쌤이 또 나를 부르신다.

"니 또 부른다."

이제 애들은 나를 무서워하지 않았다. 아니, 오히려 경계를 하기 시작했다.

자기보다 내신을 더 잘 받으면 안 되는데, 수능을 잘 보면 안 되는데 이런 생각을 하면서.

"또냐. 쩝!"

마지못해 일어났다. 수능이 코앞인데 자꾸 부르신다.

—명득이도 델고 온나~

"바늘 가는데 꼭 실이 가네."

아이들이 명득이를 놀렸다.

"정말 팔자에도 없는 공부 하다가 가오 완전히 죽었네."

조명득이 투덜거리듯 말하자 아이들이 살짝 쫄았다. 요즘은 나보다 조명득을 더 무서워한다. 여전히 조명득은 약간의 양아치 끼를 버리지 못해서 그런지 가끔 막 나가는 경우가 있었다.

"그렇다는 거지."

"내가 저거 꼬봉이가?"

저거는 나다.

"아니었나?"

득현이가 놀리듯 말했다.

"치아라! 요즘에는 저게 내 가방 들고 다닌다."

맞는 말이다. 요즘은 내가 명득이 가방을 들고 다닌다. 통이라는 이미지를 희석시키기 위해서 내가 그러고 산다.

"야, 됐고, 가자."

"쌤은 공부하는 학생을 와 자꾸 부르는지 모르겠다."

"가서 물어봐라."

"똑같은 소리를 백번은 들은 것 같다. 쩝!"

나랑 조명득은 세트다. 똑같은 소리를 똑같이 하신다.

포기해라.

다른 데 가자.

이런 진학 상담 말이다.

하지만 우리는 가오 죽을 수 없다고 소신 지원을 선택했다. 하여튼 주변에서 다 말리고 있다. 아버지도 말리시고 집으로 돌아온 엄마도 말린다. 하지만 나는 의지의 한국인이다.

'절대 포기 못해!'

뭐든 하나를 포기하면 앞으로도 자꾸 포기하며 살아갈 것 같았다. 그리고 쉬운 길을 택하게 될 것이다.

내 기억에 한없이 쉬운 길로 갈 수 있다.

게다가 나는 그렇게 정의롭지 않다고 생각하는데 왜 이렇게 검사에 집착하는지 나도 모르겠다.

이제는 오기가 발동해서 검사가 되려는 것 같다.

모두 안 된다고 하니까 더욱 불이 붙었다.

＊　　　　＊　　　　＊

진학 상담실.

"똥칠아~"

쌤이 나를 진학 상담실로 불렀다. 요즘 쌤과 나는 엉뚱한 것으로 싸운다. 그리고 오늘이 벌써 진학 면담만 열 번째다. 진학을 말리는 쌤과 끝까지 가보겠다는 나의 팽팽한 신경전이다.

"예, 쌤."

"어느 대학 가고 싶노?"

똑같은 질문을 또 하신다. 입도 안 아프신 모양이다.

"말씀드렸는데요. 백 번은 드린 것 같습니다."

"어렵다. 니 내신이 기적처럼 3등급까지 올라왔지만 내신 성적 때문에 어렵다."

"수능 잘 보면 안 될까요?"

"안 된다. 니가 그 내신으로 서울대 가면 세상이 불공평한 기다. 말이 안 되는 기다. 포기해라."

쌤은 내 의지를 팍팍 꺾었다.

"정말 안 됩니까?"

"안 된다. 와 자꾸 속을 썩이노? 요즘 연대도 좋다, 연대. 싫나? 고려대는 어떠노? 니도 쌤 할래? 쌤이 마음 편하게 먹고살기 딱 좋다."

쌤은 모르신다. 앞으로 선생님 하기 힘든 세상이 온다는 것을.

"싫습니다. 저는 검사가 될 겁니다."

"검사 못 되어서 죽은 귀신이 붙었나!"

쌤이 버럭 소리를 질렀다.

"붙었나 봅니다."

이제는 대놓고 반항이다.

"잘 생각해 봐라. 검사는 아니다."

"그래도 저는 서울법대 원서 넣을 겁니다."

"미칫나?"

"예."

"이거 완전히 사이코네. 대학이 서울대만 있나? 연대도 있고 고대도 있고 중앙대도 있다고 내가 골백번도 더 말했다, 이 자 슥아!"

"저는 서울대 가서 검사가 되겠다고 쓰레빠로 세 대 맞고 교 무실로 갔을 때부터 말씀드렸습니다."

"또라이 새끼!"

목표를 향해 그냥 달리는 것이다.

"휴우~ 진정하고, 잘 생각을 해봐라. 괜히 우기지 말고."

"이 몸이 백번 고쳐 죽어도 저는 서울법대에 갈 겁니다."

"니 사이코제? 확실히 니는 사이코 맞다."

"맞습니다."

나는 쌤을 뚫어지게 봤다.

"치아라~ 서울 법대가 개나 소나 가는 데가!"

"갑니다. 저는 꼭 갑니다."

"휴우, 가라, 이 새끼야! 나중에 쌤 말 안 듣고 후회할 날 있을 기다."

쌤이 이제는 악담까지 했다.

"세상이 미쳤다. 다들 서울대 병 걸려서 미쳤다."

듣고 보니 틀린 말도 아니다.

내가 꼭 서울대를 가야 할 이유는 없다. 하지만 자고로 꿈이 대통령인 사람은 면서기라도 하지만 꿈이 면서기인 사람은 면서기도 못한다는 말이 있다.

그러니 꿈은 무모할 정도로 크게 잡아야 한다.

"수능에서 기적이 일어날지 어떻게 압니까?"

"마! 치아라! 기적은 아무 때나 일어나는 줄 아나! 밖에 명득이 있제?"

쌤이 버럭 소리를 질렀고, 나는 일어나서 꾸벅 쌤에게 인사하고 나왔다.

오늘도 결국 협상 결렬이다.

"저는 서울대 갈 겁니다."

"가라! 서울대를 가든 하와이를 가든 니 마음대로 해라!"

"예, 쌤!"

*　　　　*　　　　*

"니도 미쳤나!"

복도 밖에 서 있으니 쌤이 진노해서 소리를 질렀다. 나나 명득이나 이대로 소신 지원을 하면 불합격이 분명하다. 그걸 잘 아시기에 저렇게 소리를 지르고 계시는 거다.

사실 내가 꼭 서울법대를 갈 필요는 없다. 서울법대 졸업한다고 무조건 검사가 되는 것은 아니니까.

하지만 이왕 새롭게 시작한 삶이라면 불가능에 도전해 보고 싶다. 그것이 실패할지라도.

그리고 명득이 역시 경찰대학이 아니면 인 서울은 가능했다. 꽤 좋은 대학들이 있으니까.

그런데 왜 꼭 경찰대학을 고집하는지 나도 잘 모르겠다.

"저도 갱찰대 아니면 안 갈 겁니다!"

나는 쌤에게 공손하게 대답했지만 조명득은 거의 말싸움을 하는 수준으로 버럭질을 거듭했다. 그럼 답은 하나다.

퍽!

"아픕니다, 쌤!"

"어디서 쌤 앞에서 버럭질이고!"

"저는 소신껏 지원할랍니다. 뉴스에서도 소신 지원 하라잖습니까."

"이것들은 친구라고 쌍으로 지랄이네."

"원서는 제 돈으로 쓰는데예."

"학교 진학률도 생각을 해야제! 우리 학교가 내년부터 특목고가 된다!"

최문탁이 얼마나 로비를 했으면 특목고가 될 수 있는지 놀랍다.

"그건 쌤이 걱정하실 일이지예."

"사이코 새끼들!"

"저는 갱찰대 아니면 안 갑니다."

"니는 와 경찰대 갈라고 그라는데! 니들 때문에 내가 미치겠다!"

쌤이 어이가 없었는지 조명득에게 소리를 지르며 질문하는 소리가 밖에까지 들렸다.

"저는 서울법대 갈 실력이 안 되거든요."

"뭐?"

"만약에!"

"그래, 만약에?"

"동철이가 검사가 되면 저는 동철이 밑에서 수사관 할라고요."

순간 쌤이 멍해졌는지 말씀이 없으셨다.

"니, 니는 학교에서도 동철이 꼬봉이더니 밖에 나가서도 꼬봉 할라고?"

"재밌잖습니까. 헤헤헤!"

"또라이 새끼들!"

"저는 갱찰대 아니면 대학 안 갈랍니다."

"마, 니는 고집 부리다가는 100빠센트 재수한다."

"하죠. 내신도 잘 받고 좋네예."

"나가라! 개노므 새끼들!"

"예, 쌤!"

"니들은 그냥 사이코다."

쌤은 내가 밖에 있는 것을 아시는 것이다. 그리고 조명득이 진학 상담실 밖으로 나왔다.

"명득아."

나는 차분한 얼굴로 명득이를 불렀다.

"들었나?"

"응. 내 꼬봉 안 해도 되는데?"

"꼬봉은 무슨, 니는 내 없으면 안 된다. 무식해서. 내가 서포터를 해줘야 착착 일이 된다."

아예 틀린 말도 아닌 것 같다. 다른 사람은 몰라도 나는 안다. 조명득이 천재라는 것을.

"그럼 우리 끝까지 가나?"

"가야지. 니랑 내랑 친구 아이가. 히히히!"

그렇게 우리는 학교에서 쌤을 통해 공식 사이코가 됐다. 하지만 후회는 없다. 검사가 될 것이면 서울법대를 갈 것이다. 재수를 해서라도 갈 생각이다. 그럼 내신 성적은 리셋이 되니까.

'못할 거 없다!'

그렇게 진학 상담을 하면서 수능 시험이 코앞까지 왔고, 이제 내일이면 수능이다.

제2장
무모하게 도전하라!

빌어먹을 수능을 봤고, 수능 만점자가 66명이나 됐다.

다 맞은 놈들은 분명 내가 살던 시대의 표현을 빌리자면 공부 오타쿠일 것이다.

또 세상이 미친 것이고.

만점이 너무 흔해서 하찮게 여겨졌고, 내게는 이롭지 않았다.

"니는 몇 개 틀렸노?"

쌤이 알면서 물으신다.

"다섯 개 틀렸습니다."

"죽었다가 깨어나도 서울 법대 못 간다! 수능 만점 받은 애들이 66명이나 된다."

"뉴스 봐서 압니다."

"그래도 서울법대 원서 넣을 기가?"

"예."

"고집도 병이다."

쌤은 더는 안 말리셨다.

망할 수리탐구 영역에서 주관식이 나왔다.

정확하게 말하면 찍는 주관식인데, 여러 개가 동시에 빛이 번쩍여서 찍어야 했다.

그리고 다섯 개가 틀렸다.

거기다가 내신 등급이 3등급이고, 특히 영어가 내 발목을 잡았다. 영어는 죽어라 외우면 된다고 하기에 외웠는데, 객관식은 다 맞았지만 주관식을 많이 틀렸다. 뭐 다른 과목도 주관식은 꽤 틀렸지만.

하여튼 이건 죽었다가 깨어나도 서울법대는 못 간다는 의미다. 쌤의 표현대로라면 기적이 열 번 일어나도 안 된단다. 하지만 나는 그래도 고집스럽게 우겨서 서울법대에 원서를 넣었고, 명득이 역시 경찰대학에 원서를 넣었다.

우린 아마 둘 다 재수를 해야 할 것 같다.

물론 재수는 자유롭게 서울에서 하자고 명득이랑 약속했다. 명득이는 자유를 원했고, 나는 명득이가 하자는 그대로 해줄 수밖에 없었다.

왜?

나를 위해서 꿈을 만든 놈이니까.

"이러다가 너희들 먹여 살리는 꼬라지 되겠다."

요즘 미선이의 표정은 한결 밝아졌다. 조명득의 희희낙락이 전염된 것 같다.

"셔터맨 좋지. 히히히! 니 그러지 말고 약대 가라. 내 중말 셔터맨 하게."

"내 등골 빼먹으려고?"

"와, 싫나?"

"그럼 나도 재수해야 하는데?"

은희와 미선이는 우리 둘이 입시에 떨어지는 것을 기정사실화하고 있었다.

"같이 할까? 히히히!"

조명득은 여전히 즐거운 모양이다.

저렇게 인생 즐겁게 사는 놈도 없을 것이다.

"정말 원서를 넣었어?"

은희가 혹시나 하는 마음에 내게 물었다.

"넣었지."

"떨어지겠네."

"그래서 자취방 알아보고 있어."

내 말에 조명득이 요상한 눈으로 나를 봤다.

"죽이 되던 밥이 되던 가야지. 인 서울이다!"

사실 나와 명득이 인 서울을 하려는 것은 우리끼리 합의한 음모가 있기 때문이다. 물론 그게 가능할지는 모르겠지만.

*   *   *

서울법대 교수 회의실.

"…미달 사태가 났네요."

법대 교수들이 지원 미달 사태 때문에 모였다. 더 정확하게 말하면 박동철 때문에 모였다고 해야 할 것이다.

어떻게 되었든 박동철은 서울법대에 원서를 넣었고, 인원 미달이라는 상황에 놓여졌다.

첫 번째 기적이 일어나는 순간이었다.

문제는 서울대는 미달이라고 해도 합격이 되는 것이 아니라는 것이다.

학습 능력 평가라는 것이 있기에 학습 능력이 부족하다면 미달이라도 지원자를 탈락시킬 수 있었다.

"그러게 말입니다, 하향 지원을 해서 그런지 미달이 났습니다."

"그건 그렇고, 이 학생, 어떻게 해야 할까요?"

"서류를 보니 내신 3등급에 수능에서 다섯 문제를 틀렸더군요."

"이 정도면 학습 능력이 있지 않을까요? 외국어 능력이 부족하기는 하지만 특별히 학습 능력에는 문제가 없어 보입니다."

가만히 이야기를 듣고 있던 여교수 한 명이 다행스럽게도 박동철의 성적을 보고 학습 능력이 있다고 의견을 냈다.

"내신 3등급이면 좀 문제가 있죠. 다른 애들은 모두 1등급인데. 그리고 수능 만점자가 66명이나 됩니다. 미달 사태가 났다고 합격시키면 학교 급이 떨어집니다. 여기는 서울대입니다. 한국 최고의 대학 말입니다."

"그런 의미로 접근한다면 그렇기도 합니다.

반대 의견이 많았다.

"이 정도면 나중에 졸업하기 힘듭니다. 분명 못 버틸 겁니다."

전반적으로 박동철이 법대에서 학업을 이어가기 어렵다는 의견이 나오고 있었다.

　이번 수능은 고3들이 말하는 물수능이었고, 만점자가 66명이나 나왔다. 그리고 내신도 3등급이기에 합격하기 어렵다는 생각이 지배적이었다.

　"아뇨, 아무리 수능이 쉬웠다고 하지만 다섯 문제밖에 틀리지 않았어요. 이 정도면 충분해요."

　박동철의 입학 문제에 대해 교수진의 의견이 갈리고 있었다.

　"만점자가 무려 66명입니다. 수능에서 다섯 문제를 틀린 것은 많이 틀린 겁니다."

　"서울법대 미달 합격이라는 기록을 남기는 것은 좋지 않습니다. 만약에 미달이라고 3등급이 법대에 합격한다면 뉴스에 나고 난리가 날 겁니다."

　"…그렇기도 하군요."

　학장이 박동철을 불합격시키자는 의견이 옳다는 의견을 내자 반대하던 교수진이 미소를 보였고, 여교수는 살짝 인상을 찌그렸다.

　"아닙니다. 기회는 공평해야 해요. 내신 3등급이면 충분히 학습 능력이 있어요."

　"학교 급이 떨어진다는 생각은 안 하십니까?"

　의견이 팽팽했다.

　"그럼 면접을 보고 결정하는 것이 어떻겠습니까? 사실 미달은 합격이 원칙이니까요."

　원래 미달은 원칙적으로 합격이어야 한다. 사실 이들은 초유의 미달 사태라고는 하지만 1981년에도 미달이 있었다. 300점

만점에 180점을 받은 학생이 지원서를 넣어 합격했다. 그 후 입학 정원이 미달되어도 학습 능력 평가를 고려해서 합격을 결정했다.

이건 다시 말해 박동철에게 면접을 볼 기회가 생겼다는 의미다.

"좋은 생각이십니다. 기회는 줘야죠."

반대하던 남자 부교수가 바로 학장의 의견에 동조했다. 여기에도 서열이 존재했다.

"그렇습니다. 혹시 개인적인 사정이 있겠죠. 성적 위주로 뽑는 것은 숨은 인재를 발굴하지 못할 수도 있습니다."

반대하던 교수들이 찬성 쪽으로 돌아서니 혼자 찬성하던 여부교수가 속으로 피식 웃었다.

"그럼 면접 통보를 하죠. 이런 일은 없었지만 대학도 혁신을 해야 합니다."

"맞습니다. 역시 학장님이십니다."

"좋은 생각이십니다."

결국 회의는 있었지만 결론은 학장이 내는 거였다. 그렇게 박동철은 면담 기회가 주어졌다. 이것도 기적이라면 기적일 것이다.

*   *   *

박동철의 집.

"휴우……."

박동철의 부친이 길게 한숨을 내쉬었고, 엄마는 죄인처럼 아무 말도 못하고 있었다.

"나 때문에 우리 동철이가 정신 차리고 서울대 원서까지 넣었는데 돈이 없어서……."

박동철의 엄마가 도박의 늪에서 빠져나왔다고 해도 문제는 박동철의 집에 돈이 없다는 거였다.

"등록금은 어떻게든 될 것 같은데……."

문제는 자취방과 생활비였다.

"그러게요. 미안해요, 여보."

"괜찮아요. 다시 시작하면 되지."

"그래도… 나 때문에……."

그때 박동철의 누나가 안방 문을 열고 들어섰다.

"왜 울고 그래? 짜증나게."

박동철의 누나가 엄마 옆에 털썩 주저앉더니 통장 하나를 앞에 내놓았다.

"뭐야?"

"시집갈 때 손 안 벌리려고 모은 거. 얼마 안 돼."

"괜찮다. 시집갈 때 보태줘야 하는데, 넣어둬라."

아버지가 담담하게 말했다.

"아직 애인도 없네요. 동철이 나중에 돈 많이 벌면 이자까지 받지, 뭐. 달동네 옥탑방 보증금은 될 거야. 나 출근해야 해."

"…고맙다."

"가족이잖아요. 그나저나 우리 꼴통이 이제 내 연금이네? 호호호!"

어찌 되었던 박동철의 집에서는 박동철이 서울대에 합격하게 되어도 지원해 줄 돈이 없었다. 결국 박동철은 공부하면서 돈도 벌어야 할 형편이었다.

물론 합격을 하면 말이다.

*　　　　*　　　　*

교무실.

쌤은 심각한 얼굴로 TV를 보고 있었다.

—서울대 개교 이래 법대 초유의 미달 사태가 발생하였습니다.

TV 뉴스에는 서울법대의 지원 인원이 미달되었다는 뉴스가 방송되고 있었다.

—올해 수험생들이 대표적으로 안정적으로 하향 지원을 했습니다. 그러다 보니 인기 좋고 커트라인이 높은 서울법대가 오히려 미달되는 상황이 벌어진 것입니다.

"됐다. 됐대이! 됐어요, 윤 선생! 됐어요. 우리 똥칠이, 서울법대 가게 생겼어요! 하하하! 기똥차게 운도 좋은 새끼! 하하하! 됐대이! 잠깐, 이럴 때가 아니지."

"쌤, 그렇게 좋으세요?"

"그 자식이 고집 부릴 때 얼마나 마음이 짠했는데요. 잘됐어요. 말려서 포기했으면 두고두고 원망을 들을 뻔했네. 하하하!"

"그런데 서울대면 학습 능력 평가 같은 것으로 떨어뜨리지 않을까요?"

"…그럴까요?"

로또를 맞은 것처럼 좋아하던 쌤의 표정이 살짝 어두워졌다.

"될 깁니다. 그 자슥은 기적을 만드는 새끼니까 반드시 될 깁니다. 돼요. 하하하! 내가 이럴 때가 아니지."

그리고 정신 나간 사람처럼 마이크가 있는 곳으로 뛰어갔다.

"똥칠아!"

쌤은 마이크를 켜자마자 박동철의 이름을 불렀다. 흥분된 목소리가 교실에 쩌렁쩌렁 울려 퍼졌다.

"똥칠아! 미달이다! 서울법대 미달이란다!"

쌤은 그렇게 자기 일처럼 좋아했다.

"얼른 교무실로 온나! 니가 사고를 지대로 쳤다. 망할 놈의 쌔끼야! 하하하!"

욕인지 칭찬인지 모르겠다.

"망할 놈의 서울법대가 미달이다! 후딱 안 뛰어오고 뭐하노!"

스피커 찢어지는 줄 알았다.

            *   *   *

―서울법대 미달이란다!

교내 방송이 쌤의 목소리로 스피커가 찢어지도록 쩌렁쩌렁하게 울렸다.

나도 조명득도 멍해졌다. 아니, 전교생이 모두 멍해졌을 것이다.

"…서울대 법대가 미달이래!"

"씨! 이럴 줄 알았으면 나도 서울대로 밀어 넣을걸."

"역시 동철이 대단하네."

학생들 모두 난리다.

"야, 최은희, 너 땡잡았다."

"은희야, 동철이 서울법대 붙었대!"

"호호호! 꽉 잡아야겠다."

여자애들도 난리가 났다. 어떤 애들은 최은희를 부러워했고, 또 어떤 애들은 이제 깨졌다는 눈빛을 보였다.

"입학을 하면 뭐 하나? 졸업을 해야지. 서울대 졸업이 쉽나?"

시기와 질투도 있었다. 하지만 기승전 부러움이었다.

하여튼 그렇게 기적에 기적을 더하고 있는 박동철이었다.

그리고 박동철은 운 좋은 놈으로 학생들은 기억될 것 같다.

어찌 되었던 서울법대가 미달되었으니 말이다.

＊　　　　＊　　　　＊

"내 이럴 줄 알았대이. 황새 따라가다가 가랭이 찢어질 줄 알았대이."

쌤은 조명득을 놀리듯 말씀하셨다.

"쌔에에엠!"

"재수할 기가? 다른 대학 지원해도 되는데?"

"싫습니다. 저는 반드시 갱찰대 갈깁니다."

조명득 역시 내신 성적이 발목을 잡았다.

"그래, 재수를 하면 니는 될 기다."

경찰대학은 무리라고 말리시던 쌤이 조명득에게 희망을 안겨 줬다. 아니, 내가 생각해도 조명득은 될 것 같다.

비록 지금은 내신 성적이 발목을 잡고 있지만 재수를 한다면 달라질 것이다.

"네, 저는 될 겁니다. 히히히!"

"그래서 말인데……."

쌤이 처음으로 명득의 눈치를 봤다.

"예, 쌤!"

"니 진짜 경찰대 가고 싶나?"

"예, 쌤. 지는 꼭 갱찰대 갈깁니다!"

조명득이 의지를 불태웠다.

"그래서 말인데……."

평소 시원시원한 쌤이 뜸을 들이셨다.

"아이고, 답답해 죽겠습니다. 뭡니까?"

"선생이 되어서 할 소리를 아닌데……."

"속 터져 죽겠네!"

조명득은 갑갑한 마음에 소리를 질렀다. 그럼 정해진 것은 딱 하나다.

퍽!

"이 새끼가 또 버럭질이고!"

"답답해서요. 뭔 말을 하시고 싶은데요?"

"좋다. 니는 꼭 갱찰대를 가야 한다니까 쌤이 말한다."

"예, 쌤!"

"…자퇴해라."

"예?"

나와 조명득은 멍해졌다.

"자퇴하면 니 발목을 잡고 있는 내신 성적에서 자유로워진다."

"정말입니까?"

놀라운 것은 조명득도 꽤나 당황한 모양이다. 그래서인지 표준어를 사용했다.

"꼭 경찰대를 가고 싶으면 그렇게 하라는 기다."

쌤의 말에 조명득이 나를 봤다.

"우짜노?"

조명득이 내게 물었고, 나는 뭐라고 해야 할지 판단이 서지 않았다. 내 인생이 아니다. 그렇지만 나보다 더 소중한 친구의 인생이기에 나는 이 순간 아무 말도 할 수가 없었다.

"……."

"쌤 때문에 머리가 아프잖아요."

"꼭 가고 싶다고 하니까……."

쌤 역시 처음으로 말꼬리를 흐렸다.

"편법이죠?"

"그라지……."

"그럼 싫습니다."

"와?"

"검사 친구가 편법을 쓰면 되겠습니까? 졸업할 겁니다. 사진도 찍고, 스승의 은혜도 부르고 졸업할 겁니다."

조명득의 결정은 졸업이었다.

"짜슥! 멋지네."

"쌤 제자 아닙니까. 히히히!"

"맞다. 니들은 내 수제자다. 하하하! 아, 그리고 동철아!"

"예, 쌤!"

나는 이미 면접 통보를 받았다.

뉴스에는 서울법대가 미달이라는 뉴스가 떴다. 그리고 난 면접에서 학습 능력을 확인하겠다고 대학의 통보를 받았다.

마치 본고사를 따로 보는 느낌이다.

하지만 시험이 아니라 분명 면접이라고 했다.

"니한테는 마지막 기회다."

"예, 알고 있습니다."

"꼴등이라도 들어가기만 하면 된다."

"예."

"면담에서 가장 중요한 것은 의지다. 꼭 다니고 싶다는 의지. 니가 내한테 보여준 그 눈빛이면 된다."

쌤이 나도 격려를 해주셨다.

"예, 알겠습니다."

"똥칠이의 기적을 이어가 보자."

"예, 쌤!"

"저기 써놓은 거 쪽팔리지 않게 해라."

교실에는 다음 고3을 위해 급훈이 바뀌어 있었다.

똥칠이도 공부했다. 니들도 똥칠이의 기적을 만들 수 있다!

쪽팔리지만 쌤이 하는 일을 이 학교에서 말릴 사람은 없었다. 나만 알고 있지만 윤미정 선생님은 쌤의 든든한 후원자였기 때문이다. 게다가 비록 이 학교는 조폭이 운영하고 있지만 가장 비리 없는 사립학교로 변해가고 있었다.

아마 윤미정 선생님을 위해서 진행한 일일 것이다.

게다가 내년부터는 우리 학교가 자립형 특목고가 된다고 한다.

즉 이 말은 내년부터 등록금이 지금에 비하면 많이 올라가게 된다는 건데, 그로 인해 최문탁은 제법 돈을 벌게 될 것이다.

그의 성격상 이런 일은 계획하고 했을 것이다.

역시 최문탁은 사업가 기질이 있었다.

*　　　　　*　　　　　*

최은희의 집 앞.

요즘은 특히 밤길이 무서워져서 최은희를 집에까지 데려다 주고 있었다. 학교에서도 인정받은 공식 커플이 됐고, 표현이 그렇지만 양가에서도 공식적으로 사귀는 것을 인정하고 있었다.

"면접이 모레지?"

나는 내일 첫차를 타고 서울로 간다.

"응."

내 대답에 최은희의 표정이 어두워졌다.

"왜 그래?"

"나는 인 서울 할 성적이 안 되거든."

사실 최은희는 그렇게 공부를 잘하지 못했다. 얼굴이 이렇게 예쁜 애가 공부까지 잘하면 신이 불공평한 거다.

"나도 마찬가지다. 하하하!"

"그런데 꼭 서울법대에 원서를 넣어야 했어?"

왜 멍청한 짓을 했느냐고 따지는 것 같다.

"꼭 거기 가고 싶어서."

"쌤이 서울법대 넣으면 백 퍼센트 재수해야 한다던데……."

쌤이 나를 말리기 위해 우회적으로 은희를 설득했다는 소리를 들었다. 그러고 보니 쌤도 집요하다.

그런 집요한 성격이니 나 같은 양아치도 자력갱생을 한 거겠지만 말이다. 물론 운이 좋아서 미달 사태가 났고, 면접까지 보게 됐다.

"하지, 뭐. 그 대신 재수는 서울에서 할 거다. 그런데 너는 어디 가려고?"

말은 낳으면 제주로 보내고 사람은 서울로 보내라는 말이 있다. 꼭 그런 이유 때문은 아니지만 마산에 남아서 재수를 하게된다면 여기저기 얽이게 될 것이다.

나를 보는 최문탁도 그렇고 다른 양아치들도 그렇고.

나에 대해 모르는 곳으로 가는 것이 좋았다.

"그럼 나도 가야지. 서울."

"너도?"

"응. 서울에 있는 의상디자인과 있는 전문대에 원서 넣으려고."

나 때문에 전문대를 결정한 것 같다.

"지방대는 들어갈 성적은 되잖아."

"없잖아!"

최은희가 나를 빤히 봤다.

"뭐?"

"너!"

은희의 말에 순간 가슴이 뛰었다. 그리고 나도 모르게 은희를 집 담벼락에 밀어붙였다.

"왜… 왜 이래?"

은희가 놀랐는지 당황해했다.

난 지금까지 이렇게 저돌적으로 밀어붙여 본 적이 한 번도 없었다.

딱 좋다.

가로등은 깜빡이고 있고, 지나다니는 사람은 없고, 내 그림자와 최은희의 그림자는 서로 포개져 하나가 되어 있고.

"으음!"

완벽한 키스 타임이었지만 그때 은희 아버지가 나오시며 헛기침을 하셨다. 절호의 타이밍을 놓쳤다.

"동철아!"

"예, 아버지."

나는 은희 아버지께 아버지라고 불렀다. 은희도 우리 부모님께 아버지, 어머니라고 불렀다.

그렇게 됐다.

그러고 보니 노름을 끊으신 엄마가 은희를 참 예뻐하신다.

"헛지랄하지 말고 라면이나 묵고 가라. 배고프제?"

"예."

좋다가 말았다.

"똥칠아."

"예."

"니 아니고 다른 놈이었으면 다리몽둥이를 분질러 버렸다."

"헤헤헤!"

"검사 되고 나믄 우리 은희 버리면 안 된다?"

은희 아버지가 요즘 삼류 드라마를 많이 보시는가 보다.

"그런 일 없습니다."

"모르는 일이제. 그러니 책임 못 질 일은 하지 말라고."

"신경 끄세요. 그런 일 없습니다."

"드라마에서 보니까……."

역시 드라마가 어른이든 애든 망쳐 놓는다.

"아빠!"

이 해프닝은 은희가 버럭 소리를 지르고 나서야 마무리가 됐다.

*   *   *

서울대 정문을 들어서는데 뛰는 심장을 억누를 길이 없다. 내가 서울대 정문을 넘어서고 있다는 그 자체가 흥분이고 감격이었다.

기적에서 감동으로!

이 순간이 오래 기억될 것 같다.

"휴우……."

그리고 오늘 면접을 보는 사람이 나 혼자라는 사실을 알고 또 놀랐다. 나머지 지원자는 미달이기에 오두 합격이 내정된 것이다. 아마 나처럼 무모하게 상향 지원한 놈은 없을 것이다. 사실 꼭 서울대가 아니어도 나 정도의 성적이면 다른 명문대학 좋은 학과에 진학할 수 있었다.

하지만 언제나 이 새로운 삶에서는 내가 감당할 수 없는 목표를 잡고 달리고 싶었다. 다른 이들은 한 번밖에 살지 못한 삶인데 나는 두 번째니까.

그렇게 나는 면접장으로 들어섰고, 놀랍게도 다섯 명의 교수님이 나를 기다리고 있었다.

나를 보는 저들의 눈빛에는 호기심과 어이없음이 공존했다.

'반반이네.'

눈빛을 통해 내게 호의적인 교수님과 부정적인 교수님이 갈려 있다는 생각이 들었다.

"자네를 부른 이유가 뭔 줄 아나?"

가장 중앙에 앉은 사람이 갑이라는 생각이 들었다.

'저 교수님한테 잘 보여야겠네.'

최대한 침착하게 깡으로 승부해야겠다는 생각이 들었다.

"제 학습 능력이 의심스러워 면접의 기회를 주신 것 같습니다."

내 대답에 교수들이 고개를 끄덕였다. 정확하게 질문의 핵심을 찍었다.

"맞네. 내신 성적 3등급이면 그리 나쁜 성적은 아니라고 보네. 그런데 영어가 꽤 많이 부족하더군."

내 성적을 파악한 것 같다. 결국 영어가 내 발목을 잡을지도 모른다는 생각이 들었다.

"예, 그렇습니다."

"이유를 설명할 수 있나?"

"예, 저는 1, 2학년 때까지만 해도 전교 꼴등이었습니다."

내 말에 교수들이 놀란 표정을 감추지 못했다. 2년 동안 전교 꼴등을 하던 놈이 고3때 성적을 올려 내신 3등급이 됐다는 것은 다시 말해 고3때는 계속 전교 1~2등에서 놀았다는 의미이니까.

"…꼴등이라고 했나요?"

여교수가 신기하다는 듯 다시 물었다.

"예."

"그럼 내신 3등급은 고3 때 올렸다는 거네?"

"예. 그때 쌤이 말씀하셨습니다. 엉덩이에 고름이 찰 때까지 하고, 안 돼도 포기하지 말라고 하셨습니다. 포기하면 쌤한테 맞아 뒤진다고 하셨지요."

"하하하! 하하하!"

"독종 교사를 만났나 보네."

"부럽네."

교수들이 한마디씩 했다.

"계속하게."

"양아치로 살던 제가 쌤을 만나고 목표가 생겼습니다. 검사가 되고 싶어 공부했습니다. 앞으로 후회 없이 살 생각입니다."

"말은 잘하는군."

그래도 내 영혼은 40대다. 열아홉 살보다는 말을 잘할 수밖에 없다. 물론 내 기억 속의 미래에 있던 나는 말보다는 주먹이 먼저였지만 말이다. 아니, 이렇게 누군가 내게 말을 할 기회를 준 적이 없는 것 같다.

"좋네, 그럼 문제를 하나 내도록 하지."

"예."

"자네가 사법고시를 합격해서 검사가 됐네. 첫 피의자가 3일

동안 아무것도 먹지 못한 딸을 가진 아빠라서 빵집에서 3만 원 정도의 빵을 훔쳤네. 자네라면 어떻게 구형할 건가?"

순간 멍해졌다. 그 정도의 죄라면 경찰서에 갈 것도 없이 지구대나 파출소에서 자술서와 반성문을 쓰고 훈방 처리가 될 법한 사건이라는 생각이 들었다.

하지만 죄를 어긴 것은 부정할 수 없었다.

내 목표는 변호사가 아니라 검사니까.

'소신 있게 대답하자.'

그래도 조폭이어서 법을 아예 모르는 것은 아니다. 교도소에 몇 번 다녀오면 반쯤 검사가 된다.

"우선……."

나는 대답을 하다가 멈췄다. 그리고 교수진을 집중시키기 위해 그들을 봤다. 내게 법적 지식을 묻는 것은 아닐 것 같았다.

"우선?"

"3만 원 정도의 단순 절도라면 경찰서나 파출소에서 자술서 한 장과 반성문을 쓰고 훈방 처리 될 수도 있는 일이라고 생각합니다. 그런데 기소가 되어서 검찰까지 넘어왔다는 것은 그만큼 이 세상이 IMF 이후 각박해졌다는 의미인 것 같습니다. 하지만 제 본분이 검사라면 기소를 하고 징역 6개월에 집행유예 1년을 구형할 겁니다. 그리고……."

다시 나는 말을 끊었다.

"그리고?"

"그렇게 구형을 하고 퇴근해서 꽤 많은 소주를 마실 것 같습니다. 서글픈 일이니까요. 그게 제 생각입니다."

내 대답에 중앙에 앉아 있는 교수님의 살짝 미소를 보았다.

"법은 지켜져야 한다는 거군. 어떠한 경우에서도?"

"예, 그렇습니다. 제가 변호사가 아닌 이상 법은 집행되어야 한다고 생각합니다."

"말한 것처럼 미미한 죄인데 꼭 그렇게 기소를 해야 하나요?"

여교수가 내게 물었다.

"왜냐하면 검사니까요. 하지만."

나는 여교수를 봤다.

"하지만 집행유예라는 것은 실질적으로 생활의 제약이 없습니다. 그러니 딸을 돌볼 수 있을 거라고 생각합니다."

내 말에 여교수가 고개를 끄덕였다.

"좋네, 그럼 마지막 질문을 하지. 우린 자네의 영어 실력을 의심하네."

"충분히 학업을 이어가면서 만회할 수 있습니다."

"그럴 수도 있겠지. 하지만 쉬운 일은 아니지. 자네가 다니게 될 학교는 다른 곳도 아니고 서울대네. 하여튼 문제를 내겠네."

"예, 교수님!"

"북한산에 노루가 뛰어놀다를 영작으로 시를 지어보게."

순간 멍해졌다. 영작을 하는 것도 머리가 터질 지경인데 시를 지으라고 한다. 나를 떨어뜨리기 위해 이러는 것은 아닐 것이다.

내 배짱을 한번 보겠다는 것 같다. 면접 기회까지 줬다는 것은 나를 입학시킬 명분을 만들기 위함일 수도 있었다.

"왜, 어렵나?"

사실 암기 위주로 공부했다. 그래서 조금이라도 응용하는 문제는 어려웠다.

"시작하겠습니다."

"해보게."

교수들이 미소를 보이고 있다. 분위기는 정말 좋았다.

"노우스코리아 마운틴 노루 점프! 뷰티풀! 베리 베리 뷰티풀~"

내 영작에 교수진이 멍해져 그저 나만 보고 있다.

"하하하! 하하하!"

그때 중앙에 앉은 교수님이 화통하게 웃었다.

그러자 나머지 교수들이 따라 웃었다.

"호호호! 호호호!"

"킥킥킥! 킥킥킥!"

"북한산이 노우스코리아 마운틴이라고? 하하하!"

면접실이 뒤집어졌다

"하하! 자네, 배짱 한번 두둑하군."

"최선을 다했습니다. 부족한 부분을 알고 합격시켜 주신다면 교수님들의 기대에 반드시 부응하겠습니다."

"좋네, 내가 자네를 믿어보지."

합격이 될 것 같다. 중앙에 앉아 있는 교수님이 전권을 쥐고 있는 것 같으니 말이다.

"감사합니다."

"노우스코리아 마운틴 노루 점프! 뷰티풀! 딱 자네의 영어 실력이군. 하하하! 배짱이 좋아!"

그렇게 나는 면접에 합격했다. 그리고 또 하나의 전설이 됐다.

아마 시간이 지나고 먼 훗날에 서울대 학생들은 술자리에서 내 이야기를 할 것이다.

면접 때 노우스코리아 마운틴 노루 점프, 뷰티풀이라고 외친 선배가 있었다고.

그리고 그 선배가 검사가 됐다고.

이 세상의 모든 기적은 노력으로 만들어진다.

결국 나는 서울법대에 합격했다.

노력하라!

무모하라!

도전하라!

안 되면 될 때까지 해서 반드시 검사가 되고 말 테다.

제3장
지랄에 당하다

경 서울법대 입학! 박동철! 축

　우리 학교 개교 이래 서울법대 합격은 최초란다. 서울대에 들
어간 선배는 몇 있었지만 서울법대는 내가 처음이란다. 그래서
학교 교문에 쪽팔리게 서울법대 입학 플랜카드가 걸렸다.
　"안 쪽팔리나?"
　교문을 들어설 때마다 조명득이 나를 놀렸다.
　"쪽팔리지."
　꼴등으로, 그것도 미달되어 서울법대에 겨우 턱걸이로 입학했
기 때문이다. 나를 보는 선생님과 학생들의 시선도 묘했다.
　운 좋은 놈!
　배짱이 대단한 놈!

그리고 악착같이 공부한 놈!

모두 이런 시선이다.

"우리 똥칠이, 저 플랜카드 내리면 서운하겠네. 히히히!"

하여튼 요즘 조명득은 나를 놀리는 재미로 사는 것 같다. 뭐 따지고 보면 동네잔치를 해도 될 일이다.

누가 뭐라고 해도 서울법대에 합격했으니까.

'간판이 이래서 좋은 거네.'

시쳇말로 서울대 나오면 생선을 팔아도 다르다는 말이 있다.

서울대니까.

그만큼 대한민국은 학벌을 따진다.

"빨리 내렸으면 좋겠다. 창피해 죽겠네."

"내일이면 저 플랜카드도 내려가겠네."

"그렇지."

내일이면 졸업식이다.

"빛나는 졸업장을~ 히히히!"

그래, 내일이면 졸업이다. 회귀를 하고 고등학교 졸업장을 땄다. 어쩌면 그 자체가 새로운 시작일 것이다.

회귀를 하기 전 내 가방 끈은 고2 중퇴였으니까.

"그건 그렇고, 잘할 수 있겠나?"

"뭐가?"

"대학 생활."

사실 걱정이다.

따지고 보면 서울법대 입학의 쾌거는 내 실력이 아니다. 물론 궁둥짝에 고름이 찰 때까지 공부를 했다지만 결국 진실을 꿰뚫어 보는 눈이라는 스킬 덕분에 내신을 잘 받고 수능을 잘 봤다. 하지만 서울대를 가면 진실을 꿰뚫어 보는 눈도 소용이 없을 것이다.

들은 이야기지만 대학교 시험은 거의 대부분 주관식이란다. 아니, 논술에 가깝단다.

그리고 내가 최종적으로 봐야 할 시험인 사법고시 역시 논술에 가까운 주관식이다.

그러니 고등학교 시험처럼 진실의 눈 스킬이 통하지 않을 테니 쉽지 않을 것이다.

"그러게."

나도 모르게 인상을 찌푸렸다.

사실 고등학교 때처럼 공부만 해도 전국에서 모여든 천재들을 따라가기 어려울 텐데 심지어 돈도 벌어야 한다.

집안 사정이 나를 밀어줄 형편이 못 되니까.

'등록금은 학자금 대출로 어떻게 되겠지만⋯⋯.'

문제는 생활비다. 그리고 자취방 방세다. 그건 내가 어떻게든 벌어야 한다.

대학을 상아탑이라고 하지만 또 다른 말로 우골탑이라고도 한다. 소의 뼈를 뽑아서 세우는 탑 말이다.

아니, 대학은 부모 등골탑이다. 그런데 우리 집은 그렇게 해줄 여력이 없다.

"그나저나 생활비는 어쩌지?"

나도 그렇지만 조명득의 집안 형편도 그리 넉넉하지 않은 것 같다.

물론 명득이한테 들은 이야기다.

"그러게."

"넌 부잣집 애들 과외하면 되겠네. 그래도 간판이 서울법대잖아."

그렇다.

간판이 서울법대다.

하지만 내가 과외를 한다는 것은 말이 안 된다.

실력이 있어야 과외를 하지.

악으로, 깡으로 겨우 따라잡은 성적이라 바탕이 없었다.

"암기 위주로 단기로 성적을 올려서 어려울 것 같다."

"참 말 어렵게 하네."

"하여튼 그래."

"노가다라도 뛰어야지."

결국 조명득은 노가다로 생활비를 벌자고 했다.

사실 기본 자금만 있다면 돈을 벌 방법은 많았다. 하지만 돈을 벌 밑천이 없었다. 그러니 노가다밖에 없었다.

처음 회귀했을 때는 미래의 기억이 있으니 주식을 사면 되지 않을까 하는 생각도 했다. 하지만 주식을 사려면 돈이 있어야 하고, 또 기다려야 한다.

결국 돈을 벌 수는 있을 것이다.

하지만 이런 편법으로 쉽게 돈을 벌면 내 의지는 꺾이게 될 것이다.

미래의 기억을 이용해서 돈을 버는 것은 지금의 내 인생에 약이 아니라 독이 될 것이다.

그러니 당장은 다른 방법을 찾아야 했다.

물론 나는 내가 가진 기억을 최대한 이용할 참이다.

하지만 당장은 아니다. 아니, 주식을 살 돈도 없고, 사놓은 주식을 기다릴 시간적인 여유도 없다.

당장 돈이 되는 일을 해야 했다. 그리고 주식을 살 돈을 마련해야 한다.

'지금은 아닌 것 같다.'

삶의 목적이 돈이라면 돈을 좇으면 된다. 하지만 내 삶의 목적은 돈이 아니었다.

"노가다 좋다. 젊어서 고생은 사서도 한다잖아."

"빙시! 젊어서 고생은 늙어서 중병이대이."

조명득이 또 나를 놀렸다.

"하여튼 인 서울은 했다."

물론 조명득은 재수생으로 인 서울을 한 것이지만.

그리고 최은희는 서울에 있는 전문대에 입학했고, 미선은 간호전문대에 입학했다. 하여튼 우린 그렇게 모두 서울로 향했다.

"그건 그렇고, 이야기를 해봤나?"

조명득의 눈동자가 반짝인다.

"그게 되겠어?"

"우리는 합의 봤다."

순간 조명득의 말에 나는 멍해졌다.

처음 조명득이 이야기를 꺼냈을 때 장난인 줄 알았다.

"진짜로?"

"진짜로!"

"너희, 무슨 짓을 한 거야?"

"와 그런 눈깔로 보노?"

"너 사고 쳤지?"

"치면?"

"진짜로 쳤나?"

"이제 칠라고."

조명득의 눈깔이 반짝였다.

"칠라고?"

"그래. 우리는 내가 말한 대로 하기로 했다. 그러니까 니는 은희만 꼬시면 된다."

"은희는 절대로 동의를 안 할 거다. 그리고 부모님이 알면……."

"강남 제비 되는 거지. 여기서 서울까지 거리가 얼마인데, 안 걸린다."

조명득은 자신만만했다.

사실 조명득에게 처음 이야기를 들을 때만 해도 미쳤다는 생각이 들었다. 물론 그게 가능하다면 좋겠다는 생각을 했지만 말이다.

"걸리고 안 걸리고가 문제가 아니라 은희를 꼬시는 게……."

"좀 저돌적으로 밀어붙여 봐라."

"그게 쉽니?"

"쉬운 일이 아니니까 잘 꼬시라는 기제!"

조명득이 짜증스럽다는 듯 말했다. 자신들은 합의를 봤는데 나 때문에 일이 틀어지면 그냥 안 둔다는 눈빛이다.

"말은 해보겠지만……."

"아직 안 했다는 기네?"

조명득이 나를 한심하다는 눈빛으로 봤다.

"아직……."

"미선이가 밑밥을 깔고 있으니까 오늘은 꼭 말해라."

"밑밥?"

"그래, 빙시야!"

*   *   *

"서울 가스나들 엄청 예쁘다."

조명득이 말한 대로 미선은 은희에게 한참 밑밥을 깔고 있었
다.

"…그렇지."

살짝 표정이 찡그려지는 은희다.

"그리고 똥철이는 이제 서울법대생이다. 여시 같은 서울 가시
나들이 좀 꼬리를 치겠나."

"…그렇기도 해."

"그러니까 내가 말한 대로 하자."

"부모님이 아시면……."

"다리몽둥이 부러지겠지."

"그러니까."

"딴 년한테 빼앗기고 울지 말고. 알았지? 똥철이가 말하면 그
냥 못 이기는 척하면 된다. 알았지?"

"…웅."

"약속한 거다?"

"그런데 너희들 사고 쳤니?"

"이제 칠라고."

미선이 은희를 보며 씩 웃자 은희가 놀라 눈이 커졌다.

"야~ 이제 내일이면 지긋지긋한 고딩 생활도 끝이다."

"그러네. 내일이면 졸업이네."

*　　　　*　　　　*

졸업식 날, 나와 조명득은 쌤을 찾아뵙고 인사를 드렸다.

"서울 가서 사고 치지 말고. 알았제."

쌤은 졸업식이 끝나고 학교를 떠나는 우리를 배웅하기 위해 정문까지 나와 우리를 걱정하셨다.

"쌤!"

"와?"

"절 받으십시오."

"절?"

쌤이 어이가 없다는 눈으로 나를 봤다.

"예, 쌤!"

"미칫나? 쪽팔리게."

"절 받으십시오. 사람 만들어주셔서 감사합니다."

나는 학교 정문에서 큰 소리로 외치며 쌤에게 큰절을 올렸다.

아버지 날 낳으시고 어머니 날 기르셨지만 결국 나를 사람으로 만들어준 것은 쌤이었다.

군사부일체!

"사람 만들어주신 은혜, 절대 안 잊겠습니다."

"이 새끼가 사람을 울리네."

내 큰절에 쌤의 눈시울이 살짝 붉어졌다.

"똥철아!"

"예, 쌤!"

"사람을 위한 사람이 되그라. 검사가 되고 싶다고 했제?"

"예, 쌤!"

"절대 쉽진 않을 기라. 하지만 검사가 되면 사람을 위한 사람이 돼라. 알았제."

"예, 쌤! 뼈에 새기겠습니다."

"새끼, 선생질 한 보람이 있네."

쌤은 내게 그렇게 말하고 명득을 봤다.

"니는 왜 내한테 절을 안 하노?"

"저는 재수생인데예."

"뭐? 하하하!"

쌤은 눈시울이 젖어 있었지만 조명득의 한마디에 호탕하게 웃었다.

"쌤!"

"와?"

"울다가 웃으면 똥구멍에 털 납니다."

"이 새끼는! 하하하!"

"제 절은 갱찰대 입학하고 드릴랍니다."

"오냐. 내 기다리고 있는데이. 가라! 니들이 내 제자라서 참 좋다."

우린 그렇게 빛나는 졸업장을 들고 정든 이 학교를 떠나 서울로 향했다.

우리만의 당돌한 음모를 가지고.

*　　　　*　　　　*

조명득과 나는 자취방을 알아봤고, 은희와 미선 역시 따로 자취방을 알아봤다. 물론 그 따로라는 의미는 부모님들이 알고 있는 따로지만.

쉽게 말해 헤쳐모여다.

"여기 서울 맞나?"

우리에게 준비된 돈으로 구할 수 있는 자취방은 한계가 있었다.

옥탑 아니면 반지하나 그냥 지하다. 그리고 우리는 부모님들 모르게 맹랑한 계획을 가지고 있기에 자취방을 구하기가 쉽지 않았다.

같은 지역에 있는 싼 방 두 개를 구한다는 것이 결코 쉬운 일이 아니었다.

"옥탑이랑 반지하가 같이 월세가 나온 곳이 여기뿐이네."

좋은 집을 구하려면 발품을 팔아야 한다는 말이 있는 것처럼 우리는 우리의 계획을 충족시킬 자취방을 구하기 위해 주구장창 발품을 팔았고, 끝내 찾아낸 곳은 영등포 공원 뒤편에 있는 다세대주택이었다.

'여기서 청량리 588까지는 30분이면 되니까.'

사실 청량리 588 근처에 자취방을 알아보려고 했다.

돈을 벌어야 하니까.

물론 그 장사가 가능하려면 힘 좀 써야 하겠지만 말이다. 그리고 아예 서울 외곽으로 나가 부천이나 부평 쪽을 알아볼 생각도 했다.

방값이 싸니까.

하지만 나는 시간은 돈이라는 것을 누구보다 잘 알고 있었기에 최대의 마지노선이 영등포였다.

그리고 사실 지금 당장은 학교보다는 장사를 시작할 곳이 가까워야 했다.

마음 같아서는 청량리에 자취방을 알아보고 싶었지만 우범지역이라서 포기했다.

자기 여자를 데리고 그곳에서 살 미친놈은 이 대한민국에 없을 것이다.

하여튼 돈 없는 자취생에게 서울이 허락하는 곳은 이곳뿐인 것 같았다. 그리고 이곳은 요즘 들어 부쩍 조선족이 모여들고 있었다.

신림동과 구로, 그리고 영등포가 작은 차이나타운처럼 변하고 있었다. 그러니 이곳도 안전하다고 말할 수는 없었다.

내 기억으로는 조선족이 꽤 많은 강력 범죄를 저질렀다.

하지만 그래도 여기는 좀 괜찮을 것 같았다.

노숙자가 꽤 많다는 것 빼고는 말이다.

"여기는 사람이 못 산다."

조명득이 퉁퉁거렸다.

내가 보기에도 이 반지하는 사람이 살기가 마땅치 않았다. 마치 땅속 무덤에 들어가는 느낌이다. 물론 옥탑방도 크게 다를 것이 없었다.

딱 봐도 이 반지하 방은 비가 오면 샐 것 같은 구조였다. 하지만 서울은 지금 우리에게 이 정도밖에 허락하지 않았다.

"여기밖에는 없다고 하잖아."

나도 방법이 없었다. 그리고 지금 발이 퉁퉁 붓도록 돌아다녀서 겨우 찾아낸 곳이 이런 곳이냐고 은희와 미선은 도끼눈을 뜨고 있다.

당장이라도 우리를 잡아먹을 것 같다.

"여기서 어떻게 살아? 여기는 좀 무섭잖아."

벌써부터 부창부수다.

명득이 사람이 살 곳이 아니라고 하니 미선도 영등포 외곽 지역이 무섭다고 난리다.

그도 그럴 것이, 조선족들의 목소리가 워낙 크기 때문에 단순히 잡담을 나눠도 한국 사람들이 보기에는 싸우는 것처럼 들렸다.

그리고 실제로도 싸움이 많이 일어났다. 하지만 여기도 사람 사는 곳이다.

"그렇기도 하지만……."

"그래도 여기밖에는 없다. 반지하는 좀 그렇지만 옥탑은 살 만하다."

조명득도 현실을 받아들이는 것 같다.

문제는 옥탑방은 하나라는 거다.

"우리가 가진 돈으로 다른 곳은 어렵다."

"그래도……."

"혹시 모르잖아."

"혹시 뭐?"

조명득이 퉁명스럽게 내게 물었다.

"부모님들이 갑자기 올라오실 수도 있잖아."

"아, 그렇지!"

이제야 조명득이 내 의도를 이해한 것 같다.

"뭐가?"

미선이 궁금하다는 듯 명득을 보며 물었다.

"부모님이 오신다고 하면 후다닥 옮겨야지."

역시 조명득은 이해가 빨랐다.

"후다닥?"

"응. 걸리면 우리는 다리몽둥이 작살나는 기고, 니들은 머리 다 깎인다."

그게 현실이었다.

맹랑하게 스무 살짜리가 동거를 계획하고 실행에 옮기고 있으니까.

사실 나도 그렇지만 미선의 집 형편도 말이 아니었다.

나는 겨우 입학 등록금과 약간의 보증금만 가지고 서울로 왔다. 그러니 다음 학기 등록금은 내가 벌어야 한다. 누나는 걱정하지 말라고 했는데, 엄마의 실수로 이미 누나는 많은 빚을 갚아야 했기에 여력이 없다는 것을 잘 알고 있었다.

그러니 내가 벌어야 한다.

물론 서울대 간판이 있으니 과외를 하면 될 것도 같다. 하지만 급조된 성적이라 누군가를 가르친다는 것은 결코 쉬운 일이 아니었다.

간판을 이용해서 대충 한두 달 가르치다가 먹튀를 할 것이 아니라면 말이다.

그렇다고 해서 신문을 돌리거나 우유를 배달하거나 노가다를 뛸 수는 없었다.

가장 적은 시간으로 가장 많은 돈을 벌어야 한다. 그러기 위해서는 내가 가진 기억을 이용해 청량리로 가야 했다.

물론 텃세가 엄청나겠지만 깡으로 밀어붙일 생각이다.

"학생들, 계약할 거야, 안 할 거야?"

복덕방 주인이 우리에게 물었고, 조명득과 여자애들은 나만 보고 있다. 어느 순간부터 모든 결정권은 내가 가지게 됐다.

"예, 할 겁니다."

"남학생 둘이 반지하고 여학생 둘이 옥탑이지?"

지금은 그렇다. 계약이 끝나자마자 헤쳐모여 하겠지만.

사실 조명득과 내 입장에서는 동의를 해준 미선과 은희에게 고마울 따름이다.

엉큼한 생각을 실천하기 위해서도 고맙지만 알다시피 남자 둘이 자취를 하게 되면 난민보다 못한 꼴이 될 것은 불 보듯 뻔한 일이다.

청소는 분명 연중행사가 될 것이고, 먹는 것은 허접하게 될 것이다.

그리고 설거지라는 단어 그 자체가 사라지게 된다.

즉 쓰레기장이 되는 것은 시간문제였다.

'미래에서 합숙할 때도 그랬어.'

조폭들도 합숙을 한다. 나는 주로 살을 찌우기 위해 우유에 개 사료를 말아 먹으면서 살았다.

그러면서 칼 쓰는 법도 배우고 협박하는 법도 배웠다.

하지만 조폭이 아무리 개새끼 짓을 해도 개새끼는 아니기에 사료 죽만 먹고살 수는 없었다.

하지만 뭔가를 해 먹으려 해도 그릇이 없었다.

설거지 자체를 안 하니까.

그럼 설거지도 안 된 상태로 라면을 끓여 먹게 된다.

위생?

청결?

대부분의 남자 자취생은 그런 단어와는 거리가 멀었다.

내가 살던 미래에서 '너 어디까지 가봤니?'라는 광고 문구가 있다.

'너는 자취하면서 어떤 짓까지 해봤니?'라고 물어본다면 나는 설거지 안 된 그릇에 남은 야식 족발 뼈로 육수를 내어 라면을 끓여 먹으면서 스스로에게 이건 일본식 라멘이라고 우겨본 적도 있다. 물론 그때는 돈이 없어서 그랬지만.

어떻게 사람이 그럴 수 있지?

아니, 사람이라서 그럴 수 있었다.

한없이 게을러지니까.

그런 모든 추잡한 것들을 해결해 주는 신적인 존재가 바로 지금 불만스럽다는 듯 서 있는 저 두 분이시다.

청소와 빨래가 가능하고 자취의 꽃이라고 할 수 있는 올바른 식사가 가능하게 해줄 테니까.

물론 보편적으로 그렇다는 거다.

만약에 여자들의 보편성을 저 두 여신께서 상실했다면 남자 둘이 자취를 하는 것보다 더 참담한 일이 벌어질지도 모른다.

'남자 화장실보다 더 더러운 곳이 여자 화장실이니까.'

나도 모르게 인상이 찡그려졌다.

"학생들, 결정을 아직도 못했어?"

우리끼리 옥신각신하자 이 집을 소개시켜 준 복덕방 할아버지가 짜증스러운 표정으로 다시 내게 물었다.

"아니요. 여기가 정말 좋은 것 같습니다. 옥탑방은 전망도 좋고 반지하는 그렇게 눅눅하지도 않네요."

영등포에 자취방을 마련한 것은 이곳이 우리 넷이 움직이는 동선의 딱 중간 지점이라는 것이 첫 번째 이유지만 사실은 다른 이유가 있다.

'당장은 못 따라가겠지.'

나도 모르게 인상이 찡그려졌다.

사실 나는 인 서울을 하면서 휴학을 생각하고 있었다. 내게 가장 필요한 것은 대학 생활의 낭만이 아니라 적응을 하기 위한 시간이었다.

서울법대는 알량한 간판에 불과하다. 누가 뭐라고 해도 나는 법대생이고 법대생의 궁극적인 목표는 사법고시 합격이니까.

결국 사법고시를 위해서는 내게 많은 시간이 필요할 것이다.

'진실을 꿰뚫어 보는 눈도 주관식에선 소용이 없으니까.'

이럴 줄 알았으면 그때 교무실에서 갑자기 전화를 받았을 때 2번을 택해야 했다.

1번, 진실을 꿰뚫어 보는 눈.

2번, 지식을 담는 뇌.

지식을 담는 뇌를 선택했다면 읽은 족족, 배우는 족족 머릿속에 담겼을 것이다.

'일단 한 학기만 다녀보고……'

정말 천재들과 경쟁이 안 된다면 휴학을 하고 부족한 기초를 채울 참이다. 그리고 그 기간 동안 청량리 588을 이용해서 작은 장사를 해볼 생각이다. 밤에는 장사를 하고 낮에는 공부를 한다는 것이 내 계획이다.

진짜 주경야독이 될 것 같다.

'대가리만 잘 디밀면……'

장사도 무리 없이 할 수 있을 것 같다. 그리고 1년 정도의 휴학으로도 학업을 따라가지 못하면 어쩔 수 없이 이사를 하고 군대를 갈 생각이다.

군대에서 공부하는 것은 어려운 일이겠지만 아예 못할 것도 없을 것 같다.

'군대라… 쩝!'

다른 것은 다 두 번씩 해보지만 군대는 처음이다. 과거의 나는 전과자였기에 군을 면제 받았다.

하지만 이제는 군대도 가야 한다.

사법고시를 합격하고 법무관으로 가는 것이 가장 좋은 방법이겠지만 당장은 불가능한 일이다.

서울대 1학년 과정도 내게는 벅찰 테니까.

"그럼 여기로 할 거지?"

"예."

"여기 주인할머니가 사람이 좋아서 이 정도의 보증금으로 계약할 수 있는 것만 알면 돼."

맞는 말 같다. 다른 곳보다 훨씬 쌌다.

"예, 감사합니다. 할아버지 때문에 좋은 방 구한 것 같습니다."

"…개차반만 없으면 싸고 좋지."

복덕방 아저씨가 혼잣말을 하듯 중얼거렸다.

'개차반?'

뭔가 있는 것 같다.

"예?"

"그건 시간 지나면 알게 될 일이고, 그 돈으로는 서울에서 여기 말고 방 못 구해. 경기도나 인천으로 가면 또 모르겠지만."

뭐든 싼 이유는 있었다. 하지만 우리는 그런 것을 따질 형편이 못 됐다.

하여튼 그렇게 우리는 다세대주택 옥탑과 반지하 방을 계약했고, 여전히 여자애들은 불만 가득한 눈빛이다.

"에라이, 싸스개가 어디서 똥나발을 부나!"

"뒤져라!"

옥탑에 올라와 보니 꽤 많은 집이 보인다. 그리고 조선족들이 술에 취해 쌈질하며 욕하는 소리가 들렸다.

"싸스개는 또 무슨 소리고?"

"몰라."

"여기 참 시끄럽겠다."

"그러니까. 그냥 경기도로 갈 걸 그랬어."

벌써부터 불만이 속출하고 있다. 하지만 이미 계약을 했으니 물릴 수도 없었다.

"계약했다."

"그러니까. 그래도 인 서울 했다. 그럼 된 기다. 히히히!"

"부모님들 몰라야 하는 거 알지?"

나는 다시 한 번 우리의 상황을 애들에게 설명해 줬다.

"알면 다리몽둥이 부러질 기다."

우린 따로 계획이 있었다. 그 계획 때문에 옥탑과 반지하 방이 있는 집을 구한 것이다.

"준비됐나?"

조명득의 눈동자가 번뜩인다. 이제부터 진짜 중요한 운명의 시간이었다.

"됐나?"

조명득이 다시 나를 재촉했다. 자신감 넘치는 조명득의 눈깔을 보니 불안해졌다.

'반지하는 절대 안 돼!'

만약 내가 조명득과 내기를 해서 지면 나와 은희는 반지하로 가야 한다. 그럼 두고두고 원망을 들을 것은 불을 보듯 뻔했다.

세상에서 가장 두렵고 짜증나는 것은 여자의 잔소리니까.

"잠시만!"

"쫄았나?"

"기다리라고."

긴장되는 순간이다. 내가 인상을 찡그리자 도리어 조명득이 살짝 쫀 것 같다.

하지만 그것도 잠시, 다시 자신만만한 표정으로 변한 조명득이다.

"누가 할 긴데?"

그래도 조명득은 친구라고 내게 빠져나갈 구멍을 만들어주고 있었다. 여자들이 다른 곳을 볼 때 살짝 내게 윙크를 했다.

강자의 여유쯤 될 것 같다.

'너는 내 친구다.'

그러고 보니 우린 누가 할 건지 정하지 않아서 나는 은희를 봤다. 잘못되면 구박이 승천이다.

"잠깐만. 재촉 좀 하지 마라."

나는 퉁명스럽게 말하고 은희를 봤다.

"은희야."

"내가 할까?"

중요한 것은 여자가 결정하는 것이 좋다. 그래야 구박이나 잔소리를 듣지 않는다.

"그럴래?"

나는 바로 꼬리를 내렸다.

"내가 할게."

은희가 내게 말하고 조명득이 앞에 섰다.

운명의 순간이다.

"뭐로 할래?"

뭘 해도 자신감이 충만한 조명득이다. 그리고 1년 동안 나는 조명득이 내기를 해서 지는 꼴을 못 봤다.

잡기의 화신이다.

잔머리를 굴리는 일은 뭐든 잘하는 놈이 바로 조명득이다.

'저 새끼는 잔머리 천재인데……'

공부와 쌈질 빼고는 명득이랑 경쟁해서 이기기 어려웠다.

"뭐로 할까?"

은희가 나를 봤다.

"가위바위보로 정하는 거 아니었나?"

단판 승부!

가위바위보는 운이라고 생각하지만 철저한 확률이다. 만약에 첫 판에 은희가 이기지 못한다면 천재인 조명득이 분명 이긴다.

확률 싸움이니까. 하지만 그래도 운이 가장 많이 좌우하는 것 역시 가위바위보였다.

"싫다."

운에 맡길 수는 없었다.

"그러면 뭐로 할래?"

자꾸 재촉하는 조명득이다.

사실 운명이 걸린 일이다. 하늘이냐 지하냐를 결정짓는 일이니까. 그것을 돌려 말하면 옥탑방 천국이냐, 반지하 지옥이냐이다.

"가위바위보가 깔끔한데."

조명득이 가위바위보로 하자고 재촉했다.

그 말에 문득 한 생각이 뇌리를 스쳤다.

조명득이 일부러 가위바위보로 몰고 가는 것 같다는 생각이다. 가위바위보에 자신이 없지만, 허세를 부려 가위바위보만큼은 절대 하면 안 된다는 생각이 들게 하고 있다는 생각이다.

'가위바위보다!'

반드시 가위바위보를 해야 한다는 생각이 들었다.

"끝말잇기로 하자."

은희가 조명득에게 제안했다. 순간 마지막 기회를 놓쳤다는 생각이 들었다. 이것 역시 놈한테 말린 것 같다.

가위바위보를 하지 않기 위해 가위바위보를 하자고 조명득이 계속해서 말했다는 생각이 자꾸 내 뒷머리를 당기고 있다.

하지만 이미 은희가 종목을 정했다.

그러니 뭐라고 할 수도 없었다.

"끝말잇기?"

조명득이 어이가 없다는 눈빛으로 은희를 보며 씩 웃었다.

'무덤을 팠다!'

놈의 계략에 걸려들었다.

"좋다, 하자. 은희가 할 기제?"

"응."

"누가 먼저 할래?"

"내가!"

천국이냐 지옥이냐를 결정하는 대결이 시작되는 순간이다. 물론 천국이라고 해도 겨우 옥탑방이고 지옥은 반지하지만.

"안 되지. 종목을 그쪽에서 정했으니 내가 먼저 해야지."

불안해진다. 괜히 단어 한 방으로 끝날 수도 있었다.

"그래라."

은희의 말에 조명득이 씩 웃었다. 역시 망할 놈이 한 방 단어를 쓸 것 같다.

"잠깐!"

"왜 또?"

"처음에는 난이도를 낮게 가야지."

내 말에 조명득이 피식 웃었다.

"알았다. 내 아이큐가 154란다. 히히히!"

조명득이 괜히 시쳇말로 말하는 겐세이를 놓고 있다. 하지만 명득이의 말이 거짓말 같지는 않았다.

아이큐 154!

그게 정말이라면 뭐가 되어도 될 놈이다.

"시작한다. 가족!"

조명득이 먼저 가족이라는 단어로 시작했다. 불안한 느낌이 자꾸 든다. 저 좋은 머리로 몇 수 뒤를 생각하고 가족으로 시작한 것 같다.

은희를 꼼짝하지 못하게 할 한 방 단어를 생각하면서.

"족자!"

은희가 여유롭게 대답했다.

"자기!"

"기술."

"술통."

"통지."

우당탕탕!

그때 주인집인 할머니의 집에서 요란한 소리가 났다.

"에이, 썅!"

"그러지 마라! 돈 없다!"

"집을 팔자고! 집을 팔면 사업 밑천도 되고 내가 편하게 모신다니까! 에이, 썅! 노친네가 왜 이렇게 고집이 세!"

우당탕탕! 쾅쾅!

쾅!

그때 주인 할머니 집에서 뭔가가 부서지는 요란한 소리가 나며 현관문이 벌컥 열렸다.

"지랄하지 말고 다음에 올 때 돈 준비해 놓으라고!"

젊은 남자가 문을 열고 나오면서 소리쳤고, 나는 복덕방 할아버지가 말한 개차반의 주인공이 저 남자라는 것을 깨달았다.

딱 봐도 젊은 남자는 할머니의 아들이었다. 말끔하게 차려입기는 했는데 양아치의 포스가 느껴진다.

"뭘 봐?"

다짜고짜 자신을 본다고 시비를 거는 것도 딱 양아치다.

"안녕하세요. 이사 왔습니다."

명득이가 넉살 좋게 인사했다.

"이사?"

"예."

젊은 남자가 서로 마주 보고 있는 우리를 힐끗 보고 피식 웃더니 집을 나갔고, 그때 명득이 나를 보며 씩 웃었다.

'걸렸다.'

순간 느낌이 싸한 게 끝이라는 느낌이 들었다. 조명득의 눈빛이 비수로 변해 내 가슴에 꽂히는 것 같다.

"왜 그렇게 웃어?"

내 물음에 조명득이 씩 웃으며 고개를 돌려 미선을 봤다.

"미선아."

"응."

"천국에다가 짐 풀어라. 우리가 이겼다."

사실 각각 동거를 요구한 것은 명득과 미선이다.

저것들은 진도가 너무 빨리 나갔다. 물론 나도 내심 좋았고 은희도 승낙을 했다. 엄청나게 어려운 일인데 너무나 쉽게 해결 됐다.

"이길 수 있어?"

"이겼다. 믿으라."

여유만만하게 조명득이 은희를 보고 씩 웃더니 나를 보고 말 했다.

"반지하 곰팡이에는 쑥이 최고란다. 둘이서 마늘이랑 쑥 먹고 사람 되면 되겠네. 그러다가 사고 치면 단군 나올라. 히히히!"

"해라, 어서!"

불안하지만 어쩔 수 없이 소리를 질렀다.

"은희야."

여유를 부리는 조명득이다.

"왜?"

"어두컴컴한 곳이 사고치기는 더 좋다."

아무리 쌍쌍으로 동거를 하기로 했지만 사고를 친다는 것은 상상도 안 했을 일이라 은희의 얼굴이 살짝 붉어졌고, 나는 조명득을 째려봤다.

"헛소리하지 말고 어서 해."

"히히히!"

그저 조명득은 웃고 있다. 살살 약을 올리고 있는 것이다.

"해라!"

나도 모르게 버럭 소리를 질렀다.

"귀청 떨어지겠다."

"빨리 하라니까!"

"똑디 들어라."

"하라고!"

친구만 아니면 벌써 한 대 쥐어박았다.

"지! 랄!"

순간 멍해졌다.

"지, 지랄?"

은희가 말을 더듬었다. 은희의 눈빛은 황당 그 자체였다.

"…지랄이 명사야?"

지랄이라는 단어를 듣는 순간 졌다는 생각이 들었지만 우겨 볼 필요는 있을 것 같았다.

"지랄은 마구 법석을 떨며 분별없이 하는 행동을 속되게 이르는 말이다. 국어사전에도 있다."

믿음이 안 간다. 나는 지랄이 욕인 줄 알았다. 그런데 조명득은 국어사전에도 있다고 난리다.

"확실해? 너, 구라 치는 거지?"

이럴 때는 우기는 것이 좋다.

지면 무덤 같은 반지하에서 살아야 하니까.

'젠장! 은희랑 첫날밤을 반지하에서 보내야 하나.'

첫날밤?

하여튼 첫날밤인 것 같다.

역사가 이루어질지 사고를 칠지는 모르지만.

"내는 지랄이 국어사전에 나오는 명사라는 것에 손모가지를 걸게. 니는 뭐 걸래?"

자신감이 넘치는 눈동자다.

저런 눈빛을 하는 조명득이 앞에서는 바로 꼬리를 내려야 한다. 괜히 또 내기를 하다가는 당할 것이 분명하니까. 조명득의 눈동자가 반짝일 때 설치면 당한다.

저 새끼는 천재니까.

그리고 내기 속에서 내기를 거는 새끼다.

"됐네요."

체념이다. 반지하면 어떻고 지하면 어떤가?

남진 아저씨의 노래처럼 임과 함께라면 나는 좋은데.

"지랄! 랄~ 랄랄랄~ 5, 4, 3, 2, 1! 땡~"

확 주둥이를 찢어버리고 싶다. 이죽거리는 꼴이 정말 꼴보기 싫다.

"지랄……."

은희는 단어를 찾아내지 못했다.

졌다. 아니, 질 줄 알았다. 하여튼 그렇게 조명득과 미선은 옥탑방으로, 나와 은희는 반지하로 결정이 됐다.

그냥 지랄에 당했다.

　　　　　*　　　　　*　　　　　*

반지하 방.

"…여기서 어떻게 살아?"

꿉꿉한 것이 곰팡이 냄새인 것 같다. 불을 켜지 않으면 앞도 보이지 않았다. 그리고 불을 켜는 순간 다채로운 곰팡이 무늬가 우리를 반겼다.

'…도배부터 해야겠네.'

그저 한숨만 나오는 순간이다.

"그러게."

"우선 청소부터 하자."

은희와 나는 대대적으로 청소를 시작했다. 이 순간 느끼는 것은 여자들의 적응력이 놀랍다는 것이다. 처음 이 반지하에 들어섰을 때만 해도 절망적인 표정이었는데, 금방 적응을 하고 청소를 하겠단다.

포기가 빨라야 출세가 빠르다는 의미로 접근할 수는 없겠지만 불굴의 의지쯤으로 생각하면 좋을 것 같다.

'천만다행이네.'

만약 내가 조명득의 지랄에 당했다면 두고두고 나를 원망했을 것이다. 이래서 중요한 결정을 할 때는 여자의 의견을 배제하면 안 된다.

잔소리를 듣기 싫으니까.

"어머!"

순간 은희가 비명을 질렀다.

"왜?"

"바, 바퀴벌레야! 어떡해!"

은희는 이미 울상이 됐다. 그리고 알았다. 여자들이 바퀴벌레를 정말 무서워한다는 것을.

"내가 잡을게."

"바퀴벌레 잡는 약이 있어야겠어."

"약?"

"응."

"알았어. 금방 사올게. 그런데 혼자 있을 수 있겠어?"

바퀴벌레를 보고도 무서워하는 은희를 이 반지하 방에 두고 혼자 약국으로 뛰어갈 생각을 하니 은희가 걱정됐다.

그리고 은희도 여자라는 생각이 들었다. 사실 꿈만 같다. 은희랑 이렇게 한 방에 살게 될 줄은 꿈에도 몰랐으니까.

"무서워도 어쩔 수 없잖아. 약 사와. 바퀴벌레는 정말 싫어."

"알았어. 뛰어가서 사올게."

"으응."

그렇게 나는 반지하에서 나와 약국으로 뛰었다.

*   *   *

퍽! 퍽!

"이게 어디를 도망쳐!"

은희는 신문지를 말아 바퀴벌레를 때려잡고 있었다.

여자의 내숭은 무죄다.

퍽!

"잡아도 잡아도 끝이 없네. 휴우……."

은희가 신문지를 말아 쥐고 주저앉았다.

그리고 그때 바퀴벌레 한 마리가 또 쪼르륵 방을 가로질러 달려갔다.

퍽!

그 순간 은희는 놀라운 반사 신경으로 손바닥으로 바퀴벌레를 내려쳤다.

찍!

한마디로 한 방에 끝장이 났다.

"…이제 앞으로 어떻게 동철이 앞에서 내숭을 떨지?"

은희의 걱정은 딱 그거였다.

그리고 번뜩 무언가가 생각났는지 반지하 창문 커튼을 닫고 옷가방에서 뭔가를 꺼냈다.

"혹시 모르니까……."

은희는 바로 옷가방에서 꺼낸 속옷을 놓고 입고 있던 속옷을 벗었다.

짝짝이다.

남자들이 여자에 대한 엄청난 환상이 깨지는 첫 순간이 무드 잡고 역사를 만들려고 할 때 짝짝이 속옷을 입고 있는 모습을 볼 때이다.

은희는 그것에 대비한 것이다.

물론 만약을 위한 대비지만.

"아, 떨려……."

은희는 옷을 갈아입고 방청소를 시작했다.

물론 은희와 동철에게는 아무 일도 일어나지 않을 것 같다.

"치워도 치워도 끝이 없네."

역사를 만들기 위한 반지하 단칸방은 너무나 엉망진창이었기 때문이다.

하여튼 그렇게 스무 살짜리의 엉큼한 동거는 시작됐다.

　　　　　　*　　　　　*　　　　　*

반지하 방.

"자?"

이불을 따로 펴고 누우니 딱 이불과 이불 사이가 38선 같다.

"자?"

두 번이나 물었지만 은희는 대답이 없었다. 그렇다고 해서 은근히 잠에 취한 척하며 몸부림을 쳐서 은희 쪽으로 굴러가는 것은 좀 쪽팔린다. 역시 역사는 함부로 일어나는 것이 아닌 것 같다. 그렇다고 해서 바로 덮칠 수도 없고.

'끊은 담배가 땡기네.'

속이 탄다.

미칠 것 같다.

비록 내가 스무 살의 몸이지만 내 기억은 40대로 인생을 함부로 살아온 조폭이다. 그러니 여자도 쉬웠고 함부로 대한 적도 많았다.

하지만 은희한테는 그러고 싶지 않았다.

스르륵!

'나가자. 쩝!'

은희가 깨지 않게 조심스럽게 일어나 밖으로 나왔다.

박동철이 밖으로 나가자 최은희가 살짝 눈을 떴다.

"우리 동철이, 보기보다 순진하네."

은희는 살짝 미소를 보였다. 같은 방에 누운 상태에서도 자신을 함부로 대하지 않는다는 것에 만족하는 표정이다. 그러면서도 내심 서운해하는 기색이다.

"내가 매력이 없나? 너, 어디까지 참나 보자."

은희는 살짝 상의를 벗고 브래지어가 보이도록 이불을 덮으며 미소를 지었다.

              *   *   *

"휴우!"

끊은 담배 생각이 간절하다. 그런데 담배가 없다.

"확 덮칠 걸 그랬나? 아~"

뚜벅뚜벅!

담배를 사러 가기도 그래서 옥탑으로 올라갔다.

아직 잘 시간은 아니었고, 혹시나 조명득과 미선이 정말 사고를 치고 있을지도 모른다.

"휴우!"

옥상으로 올라서는 순간 긴 한숨 소리가 들리며 담배 연기가 길게 뿜어져 나오고 있다.

"명득아!"

사고를 치겠다고 호언장담한 명득이 옥상 한구석에 쭈그려 앉아 담배를 피우고 있다.

"미쳤다."

나를 보자마자 명득이 엉뚱한 소리를 했다.

"무슨 소리냐?"

"왜 올라왔어?"

"담배 있냐?"

"끊었잖아?"

"그러게."

조명득이 내게 담배를 내밀었다. 거의 7개월 만에 피우는 담배다.

담배를 끊기는 쉽지 않은 것 같다.

"휴우~"

각각의 목적이 수포로 돌아간 모양이다.

나도 그렇고 조명득도 그렇고.

그저 우리는 옥상에서 담배 연기만 뿜어냈다.

"우리 생각을 잘못한 것 같다."

조명득이 엉뚱한 소리를 했다.

"뭐가?"

"…이 간다."

"뭐?"

"미선이가 바득바득 이를 간다고."

피곤하기도 했을 것이다. 그리고 정말 공언한 대로 사고라도 쳤으면 더 피곤할 테니 이를 갈 수도 있는 일이다.

"피곤해서 그런 모양이지."

"…코도 곤다."

원래 이를 갈면 코도 곤다.

"…코도?"

"그래. 환상이 확 깨졌다."

"그래서, 사고는 쳤나?"

"환상이 깨져서……. 니는……?"

조명득이 나를 보며 물으며 피식 웃었다. 제대로 역사를 만들었다면 여기까지 올라와서 담배를 달라고 했겠냐는 눈빛이다.

"엉뚱한 생각 하지 마라. 나는 원래 그런 계획 없었다."

사실 조명득의 엉큼한 계획에 동조한 것도 도깨비한테 홀린 것 같다.

지금 생각해 보니 이 자체가 오버인 것 같기도 하다.

말이 나와서 하는 말이지만 어떤 면에서는 나 편하자고 동거에 동의한 측면도 있었다. 그리고 은희와 좀 더 같이 있고 싶은 생각도 있었고.

"지랄!"

조명득의 지랄이라는 말에 나도 모르게 욱했다.

"한 번만 더 지랄이라는 소리 하면 죽는다."

지랄에 당했다. 이제는 지랄이 싫다.

"지랄! 지라라랄!"

장난기가 발동한 조명득이다.

"그만해라!"

나도 모르게 버럭 소리를 질렀다.

"알았다. 그런데 여기서 보니까 참 좋네. 서울 참 넓다. 그리고 우리의 시작은 바로 이곳이고."

영등포에서도 가장 높은 곳으로 왔다. 그러니 야경이 좋을 수밖에 없다.

가난한 지역일수록 야경이 아름다웠다.

그러고 보니 우린 가진 것이 아무것도 없었다.

지금까지는.

"그렇지."

"잘할 수 있겠나?"

"뭐가?"

"대학 생활."

조명득도 내 대학 생활이 걱정인 모양이다.

"깡으로!"

"깡으로?"

"그래. 엄청나게 무시무시할 기다."

아마 서울대에 소문이 쫙 났을 것 같다.

노루 점프 뷰티풀로 입학한 놈이라고.

어쩌면 나랑 동기라는 것을 창피하게 생각할지도 모른다. 하지만 상관없다.

결국 독한 놈이 이기니까.

"가서 디비 자라."

조명득이 담배를 끄고 자리에서 일어났다.

"너는?"

"이 가는 소리랑 코 고는 소리에 적응하려면 쉽지 않겠다. 쩝!"

"명득아."

"와?"

"진짜 조만간 사고 칠 기가?"

내 물음에 조명득이 피식 웃었다.

"치야지. 나는 미선이가 딱 좋다."

"왜 좋은데?"

"나 안 같아서."

"뭐?"

"니는 내가 뭔지 모르제?"

조명득이 엉뚱한 소리를 했다.

"무슨 소리냐?"

"나중에 이야기하자. 내한테는 미선이가 딱이다. 내를 잡고 있는 기는 니고 또 미선이다."

"무슨 개소리냐?"

"니들이 내 브레이크다. 하하하!"

조명득이 뚱딴지같은 소리를 하고 돌아섰다.

"아~ 코를 너무 곤다."

그렇게 조명득이 옥탑방으로 들어갔고 나 역시 자리에서 일어났다.

"서울, 여기가 서울이네."

물론 회귀를 하기 전까지 서울에서 살았다. 하지만 내가 기억

하는 서울은 그저 살벌함뿐이었다.

못된 짓도 많이 했고, 남의 가슴에 대못을 박는 짓도 참 많이
했다.

"…이제는 그렇게 살지 말자."

*   *   *

끼익~

최대한 은희가 깨지 않게 조용히 들어가려고 문을 열었는데
반지하 방문이 내려앉아서 그런지 소리가 났다.

"깼을까?"

은희가 깨면 난처하다.

이제는 정말 새벽이니까.

스르륵!

방문을 열고 안으로 들어갔다.

"헉!"

방문을 여는 순간 숨이 턱 막히고 말았다.

'저게 뭐지?'

더워서 그런지 은희가 윗옷을 벗고 잠들어 있는데, 살짝 걷혀
있는 이불 속에서 은희의 브래지어가 보였다.

'코피 터질 것 같네.'

나도 남자라 절로 아랫도리가 묵직해졌다.

"환장하겠네."

다행스러운 것은 은희가 잠들어 있다는 것이다.

'어쩌지······.'

이 상태라면 잠이 올 것 같지 않았다.

풍만한 가슴을 가진 은희가 내 옆에서 저렇게 자고 있는데 잠이 온다면 내 건강에 이상이 있다는 것이다.

그렇다고 해서 다짜고짜 덮칠 수도 없었다.

'진퇴양난이네.'

방에 들어가지도 못하고 나갈 수도 없다.

'자자.'

그래도 잠은 자야 한다. 내일부터 학교에 가야 하니까.

나는 고양이발로 조심스럽게 내 자리로 와서 누웠다.

"얌얌!"

은희가 귀엽게 잠꼬대를 하며 내 쪽으로 돌아누웠다.

나도 모르게 실눈으로 은희의 풍만한 가슴을 보게 되었다. 아니, 가슴밖에 안 보였다.

'미치겠네. 여긴 진짜 지옥 맞네.'

나도 모르게 은희 쪽으로 손이 갔다. 그리고 그 손을 다른 손이 잡았다. 그래도 지금은 이성과 야성이 팽팽하게 대립하고 있다.

척!

그 순간 은희가 몸부림을 치는지 내 배 위에 척하고 다리를 올렸다.

'반바지!'

쿵쾅! 쿵쾅!

들어봤나, 자기 심장이 요동치는 소리를.

나는 들어봤다.

아니, 지금 느끼고 있다.

"은희야, 자자……."

그래도 오늘은 아니다. 잠들어 있는 상태에서 덮치는 것은 예의가 아니었다.

"으음……."

은희가 다시 잠꼬대를 하며 돌아누웠다.

"휴우……."

숨을 죽이며 길게 심호흡을 했다. 하지만 여전히 이불 속에 있는 내 야성은 꿈틀거리고 있었다.

확실히 스무 살이 되니 건강했다.

'동해물과 백두산이~ 마르고 닳도록~'

참아야 한다.

그리고 무엇이든 참는 데는 애국가가 최고였다.

'이러다가 사리 나오겠네. 쩝!'

"빙시!"

쿵!

순간 내 귀를 의심했고, 심장이 터지는 줄 알았다.

"뭐, 뭐?"

"이리 와!"

은희가 돌아서서 나를 보며 웃었다.

"…내가 매력이 없어?"

당돌하다. 사실 은희도 모범생은 아니다. 물론 날라리도 아니지만.

"아, 아니……."

"손만 잡고 자자. 이리 와."

은희가 오란다.

그 즉 강아지처럼 은희 품에 뛰어들었다.

'이제부터 진짜 동거네.'

그렇게 나는 은희의 이불로 뛰어들었다. 물론 손만 잡고 잤다. 오늘은 손만 꼭 잡고 잘 생각이다. 그리고 하루하루 지나면서 조금씩 더 뜨거워질 테다.

제4장
어디에나 갑질은 있다

대학 생활이 시작되었다.

대학의 낭만은 동아리 활동이라지만 낭만보다는 스펙을 쌓기 위한 스터디 동아리가 제법 많았다.

그리고 나도 어쩔 수 없이 내가 부족한 것을 채우기 위해 스터디 동아리에 관심을 기울였다.

2002년!

대한민국이 모두 열광하는 순간에도 대한민국의 청춘은 스펙에 목을 매고 있었다.

"오늘 미팅이라도 있어?"

단정하게 옷을 갈아입은 나를 보며 은희가 물었다. 신입생의 즐거움 중 하나가 미팅이다. 그리고 대학 생활을 시작한 지 3주일밖에 안 됐는데 미팅 제의가 엄청나게 들어왔다.

물론 나도 은희 몰래 어쩔 수 없이 미팅에 끌려 나간 적이 딱 한 번 있다.

그런데 기대한 것처럼 미팅은 풋풋하고 신선한 면이 없었다.

"미팅은 무슨……."

"그런데 왜 그렇게 멋을 부려?"

은희가 의심이 가득한 눈으로 다시 물었다.

"오늘 스터디 동아리 가입 면접이 있어."

"동아리 가입에도 면접을 봐?"

은희가 어이가 없다는 눈빛이 됐다. 물론 나도 어이가 없다. 하지만 학교 내에서도 꽤 유명한 스터디 동아리라 지원자가 많아서 시험 아닌 시험을 봐야 했다. 만약 면접이 아니라 영어 논술이나 회화로 시험을 봤다면 나는 지원도 하지 않았을 것이다.

사실 학교생활 3주 만에 내 스스로 한계를 느꼈다. 웃긴 것은 전공인 법 관련 강좌는 그럭저럭 이해가 되는데 교양 과목에서 막혔다.

아이러니하게도 교도소에서 주워들은 형법이나 민법의 판례들이 도움이 되고 있었다. 하지만 기초나 교양 과목에서는 꽉 막힌 느낌이다.

이건 암기로 될 일이 아닌 것 같았다. 기초 지식이 필요했다.

"봐."

"정말이지?"

여전히 의심 가득한 눈빛이다. 법대생의 특수성 때문인 것 같다. 그리고 삼류 통속극 때문이기도 했다. 요즘 은희는 가난한 고시생이 사법고시에 합격한 후 애인을 버리고 부잣집 딸과 결흔하는 그런 통속극에 심취해 있었다.

"응."

"정말 미팅 아니지?"

"아니라니까."

"서울법대생 엄청 인기 좋다더라."

새침하게 말하는 것이 예쁘다.

사실 은희 몰래 미팅에 나간 적이 있다. 그런데 신입생들 미팅이 아닌 것 같았다. 서울법대라는 특수성 때문이지 미팅에 나온 여자들의 표정이 모두 진지했다.

공부만 하다 보니 법대생들은 좀 촌스럽다. 그에 반해 미팅에 나온 여학생들은 예뻤다. 물론 은희만큼은 아니지만.

그 여학생들의 눈동자에는 신선함은 없고 저 촌스러운 것을 잡아야 검사 사모님, 판사 사모님 소릴 듣고 산다는 의지가 가득해 보였다.

그래서인지 미팅 성공률이 아주 높았다. 그리고 잘사는 집 여자애들인지 씀씀이가 컸다.

나랑 안 맞는 것 같았다.

"정말 동아리 가입 면접을 본다는 거야? 웃긴다. 그리고 동아리 활동까지 공부를 위해 가입해야 하다니 힘들겠다."

"따라가야 하니까."

"그렇게 앉아서 기다리지만 말고 바닥에 떨어져 있는 머리카락이라도 좀 주워."

갑자기 은희의 태도가 돌변했다.

"응."

동거를 한 후 은희가 지시형 인간이라는 것을 알게 됐다. 그리고 지금 내가 줍고 있는 머리카락도 따지고 보면 은희의 머리카락이 대부분이다.

"거기, 거기 구석에도 있잖아."

"알았어."

머슴이 따로 없었다.

자취를 시작한 지 3주가 지나자 여자에 대한 모든 환상이 깨졌다. 심지어 밥은 굶지 않을 거라는 환상도 깨졌다.

역시 환상은 깨지라고 있는가 보다.

아침밥은 패스다. 밥을 해먹을 시간적 여유가 없었고, 미녀는 잠꾸러기는 말처럼 아주 늦게까지 잤다.

그래서 내가 밥을 차리지 않으면 아침이 없었다.

'조폭일 때도 아침은 꼬박꼬박 먹었는데……'

그리고 정말 은희는 음식을 못했다. 갓 고등학교를 졸업한 여자애들에게 밥을 기대한 나와 조명득이 세상 물정 모르는 빙다리 핫바지였던 것이다.

"밖에서 기다릴게."

"응. 음식물 쓰레기 가지고 나가서 버려."

그리고 마지막으로 알게 된 놀라운 사실은 여자들의 입에서 나오는 다섯 마디 중 두 마디는 잔소리고, 두 마디는 심부름, 나머지 한 마디는 '나 예뻐?'라는 질문이라는 것을 알게 됐다.

"응. 쩝!"

'무덤을 팠다.'

결국 조명득과 내가 무덤을 판 것이다.

그리고 여자들은 준비할 것이 왜 그렇게 많은지 새삼 놀랐다. 하여튼 아직 준비가 덜 된 은희를 방에 두고 밖으로 나가기 위해 문을 열었다. 옆에 있으면 또 어떤 심부름을 시킬지 모르니까.

"아, 그리고 담배 피우지 마. 담배 피우면 옆에 못 올 줄 알아."

"…응."

*   *   *

"우리끼리 살자."

밖으로 나오자 조명득이 나를 기다리고 있다. 그리고 조명득도 3주 만에 나처럼 동거한 것을 후회했다. 스무 살짜리 여자애들에게 우리가 너무 많은 것을 기대했다.

"사고 친다며?"

"사고는 무슨, 잠이라도 편히 자고 싶다."

3주가 지났지만 조명득은 미선의 잠버릇에 적응하지 못하고 있었다.

이래서 살아봐야 안다는 말이 있는 모양이다.

새침한 미선이 잠버릇이 더러울 줄은 아무도 모를 것이다.

"네가 네 무덤 판 거다."

동거 계획이 술술 풀릴 때부터 이상했다.

"안다. 하여튼 환상이 확 깨졌다. 이건 무슨 머슴도 아니고……."

"머슴?"

"방청소도 내가 하고, 밥도 내가 하고, 빨래도 내가 하고, 심부름도 내가 한다. 내가 미선이 시다바리다. 저번에는… 말을 말자. 휴우~"

조명득은 인생 자체가 시다바리인 모양이다. 물론 나도 요즘은 은희 시다바리이지만.

"저번에는 뭐?"

"니만 알고 있으래이."

조명득이 인상을 잔뜩 찡그렸다.

"뭔데?"

"어제는 약국 가서 생리대도 내가 사왔다. 쪽팔려서 죽는 줄 알았다."

"날개 달린 거?"

내 물음에 조명득이 나를 보며 씩 웃었다.

"니도 시다바리네."

누나 있는 집 남동생은 그런 심부름을 자주 한다.

물론 지금은 은희의 시다바리지만.

"하여튼 이대로는 몬 살겠다."

"당장은 방법이 없다. 포기해라."

완벽한 동거도 아니고 잠만 같이 자는 동거이다.

말 그대로 잠만 같이 잔다. 물론 딱 3주가 지나는 동안 스킨십은 좀 더 진도를 나갔지만, 그게 은희와 미선이 우리를 사육하는 무기라는 생각이 부쩍 들었다.

"니는 잘되나 보네?"

조명득이 나를 째려봤다.

"잘되는 거 없다. 오십보백보다. 문제는 당장 방을 바꿀 방법이 없다는 거지."

시쳇말로 동거를 하면서 마음대로 섹스도 못할 판이면 밤 자체가 고문이다. 밤이면 밤마다 한없이 내 스스로 내 인내심을 시험하게 된다.

물론 덮쳐도 아무 문제 없을 것이다. 그런데 미래에서 내가 너무 막살아서 그런지 은희만큼은 지켜주고 싶은 마음이 들었다.

하여튼 우린 딱 3주 만에 엉큼한 음모를 꾸민 것을 후회했다.

"방법을 찾아야지."

조명득은 어떻게든 두 여자를 옥탑방에 밀어 넣을 음모를 꾸밀 것이다.

하지만 결코 쉽지 않은 일인 것은 확실했다. 은희도 그렇지만 미선도 지금의 생활에 만족하는 눈빛이니까.

"어떻게?"

"사고를 쳐야지. 이대로는 못 살겠다. 잠이라도 편하게 자야지 살지. 니는 까묵고 있지만 내는 재수생이다. 아나? 수단과 방법을 가리지 말고 사고를 쳐야겠다."

맞다.

조명득은 재수생이다. 저렇게 밤에 잠을 못 자면 피곤하고 기력이 없어 공부도 안 될 것이다.

"사고?"

"사고!"

조명득이 의미심장한 눈빛으로 말했다. 하지만 그것도 잠시, 조명득의 진중함은 오래가지 않았다.

"그런데 니는 와 그렇게 잘 차려입었냐? 바람났나?"

동아리 가입을 하려는데 면접도 본다니 확실히 처음 하는 대학 생활이라 모든 것이 새롭다.

"바람은 무슨……."

신은 공평했다. 얼굴도 예쁘고 공부도 잘하는 서울대 여자는 김태희밖에는 없는 것 같았다.

물론 그렇다고 서울대 여학생들이 예쁘지 않다는 것은 결코 아니다.

다만 나와 동거하는 최은희가 너무 예뻐서 그렇게 보인 것이다.

"그런데?"

"오늘 면접이란다."

"또 면접? 또 노우스코리아 마운틴 노루 점프 뷰티풀이라고 외쳐야 하나?"

내가 한 말이 조명득의 귀에까지 들어간 모양이다.

"어디서 들었노?"

"쌤이랑 어제 통화했다."

"쌤이랑?"

"응. 쌤이 그러시데. 니가 노우스코리아 마운틴 노루 점프 뷰티풀이라고 외쳐서 합격했다고."

"치아라! 그건 구실이고 원래 미달은 다 합격이다."

"이제 알았나?"

조명득이 피식 웃었다.

학습 능력이 아예 부족하지 않으면 불합격이 없다. 그리고 나 역시 학습 능력이 그렇게 많이 떨어지지 않았다고 생각한다.

하여튼 면접을 잘 봐서 합격한 거지만 두고두고 놀림감이 될 것 같다.

"그럼 무슨 면접?"

"공부하는 동아리 면접."

"대학까지 와서 공부를 할라고?"

세상 물정 파악 못하고 있는 조명득이다.

먹고 놀자 대학생은 옛말이다. 이즈음부터 신입생들도 스펙을 쌓기 위해 난리가 나기 시작했다.

물론 대부분의 대학생은 1학년 때에는 놀고먹고 즐긴다.

하지만 나는 그럴 형편이 못 된다.

1, 2학년 때 놀면 3, 4학년 때 개고생이라는 것을 고등학교 때 이미 경험했다. 그러니 지금부터 죽어라 공부해야 한다.

"해야지."

"남들은 월드컵이다, 축구다 난리도 아닌데 니는 공부를 한다고."

그러고 보니 2002년이다. 대한민국이 가장 열광하는 그 순간에 내가 서 있었다.

"공부해야지."

"그렇지. 월드컵 예선 대진표 보니까 폴란드랑 미국이랑 포르투갈이더라. 끝났다."

대한민국에서 월드컵이 열린다. 하지만 대한민국 국가대표팀은 오대영 감독이라는 별명을 가진 히딩크 감독에게 어느 정도 불신을 가지고 있었다.

비록 잉글랜드 평가전에서 자신감을 회복했지만 16강은 쉽지 않다고 판단했다.

"또 모르지."

"폴란드가 가장 만만하다는데 이겨야 할 건데……"

축구 이야기를 하면 모두가 애국자가 된다.

일명 국뽕을 한 사발 거하게 들이켜는 것이다.

"비가 오면 이길 수 있을까?"

"비?"

"평상시의 실력으로는 어렵잖아. 그러니까 비라도 오면 또 모르지."

비?

맞다.

까먹고 있었다.

그날 비가 온다. 그리고 이겼다.

'그렇지!'

번뜩 머리에 스치는 생각이 있었다. 그리고 그때 잘 차려입은 은희와 미선이 나왔고, 내가 기억하는 월드컵의 순간과 저 둘의 모습이 겹쳐졌다.

'이슈가 되겠네.'

잘만 하면 그날 이 옥탑방과 반지하를 탈출할 수 있을 것 같다. 내 기억이 정확하다면 월드컵이 끝나기 전에 적어도 괜찮은 투 룸으로 이사를 할 수 있을 것이다.

"가자!"

날이 풀려서 그런지 은희와 미선의 옷차림이 한결 가벼워졌다. 아니, 많이 짧아졌다.

여자가 섹시하게 옷을 입는 것은 자유지만 마흔 살의 기억을 가진 내게는 조금 과하다는 생각이 들었다.

물론 저렇게 옷을 입은 여자들을 아주 많이 보고 살았지만.

"안 춥겠어?"

이제 3월 하순이다. 아직은 추울 때다.

"안 추워."

은희는 내가 말한 의도를 모르고 아무렇지도 않게 말했다.

"너무 짧다."

나와 다르게 조명득이 직설적으로 미선에게 말했다.

"뭐가 짧은데?"

미선이 조명득을 보며 퉁퉁거렸다.

"치마! 빤쭈 보이겠다!"

"야!"

미선이 버럭 소리를 지르자 조명득은 바로 꼬리를 내렸다.

"…그렇다고."

"안 짧거든. 가자!"

미선이 조명득의 팔짱을 끼고 집을 나섰다.

"짧아서 싫어?"

"그게…….'

원래 그렇다. 길거리에 지나다니는 다른 여자들이 짧게 입어주면 남자들의 입장에서는 땡큐하다. 눈요기라도 할 수 있으니까.

하지만 자기 여자가 저렇게 짧게 입으면 신경 쓰인다. 은희를 보는 남자들이 머릿속으로 어떤 상상을 할지 뻔하니까.

물론 나도 그렇다.

"예쁘지?"

"응."

예쁘기는 하다. 그래도 신경이 쓰인다. 저건 예쁜 것을 떠나서 헐벗은 수준이다.

"그럼 됐지, 뭐. 가자! 나 오늘 미팅 있어."

"뭐?"

아침에 동아리 가입 면접 때문에 미팅 나가냐고 도끼눈을 뜨고 추궁할 때는 언제고 자기는 미팅이 있단다.

"호호호! 재미있겠다."

"…정말 미팅 나가?"

"농담이야. 호호호! 우리 똥칠이, 질투의 화신이네."

순간 눈이 돌아갈 뻔했다. 그리고 이 순간 내 행동이 은희는 재미있는 모양이다.

"가자. 지하철 타고 한 시간이나 가야 해."

은희의 말에 나도 모르게 인상이 찡그려졌다.

'지하철 치한!'

지금 은희가 입고 있는 옷차림은 치한에게 좋은 먹잇감이 될 것이다.

"으응."

그렇다고 해서 학교까지 데려다 줄 수는 없는 노릇이다.

'참, 하루 종일 붙어 다닐 수도 없고.'

은희가 다니는 전문대는 난리가 날 것이다.

은희한테 어떻게든 수작을 부리려는 남자들로 인해.

　　　　　*　　　　　*　　　　　*

　영어 회화 스터디 동아리 면접장.

　'동아리 가입에 면접이라니, 쩝!'

　세상이 스펙으로 미쳐 돌아간다. 더 놀라운 것은 이런 현상을 대학생들이 당연하게 받아들이고 있다는 사실이다.

　서울대가 이런 분위기인데 다른 대학교는 어떨지 안 봐도 비디오다.

　'나 빼고 다 양복이네.'

　무슨 입사 면접장에 온 것 같다. 사실 영어가 부족해서 영어 회화 스터디 동아리에 가입하기로 마음먹었다. 그런데 경쟁이 엄청났다.

　대기자가 50명이 넘는 것 같다. 그리고 이미 면접을 본 사람도 꽤 되는 것 같고.

　"이 동아리에 가입하면 인맥을 쌓는 데는 문제가 없대."

　내 옆에 앉아 있는 신입생들 하는 이야기가 내 귀에 들려왔다.

　"그러니까. 여기 가입하면 선배들이 학교에서도 사회에서도 끌어주고 밀어준다는데."

　"그러니까 꼭 합격해야지."

　"당연하지. 여기서부터 떨어지면 낙오자야."

　"미리미리 인맥을 쌓아야지. 강남에는 영어유치원부터 보내서 인맥을 만든대."

　대한민국이 인맥으로 연결되는 사회라는 것은 예전부터 알고 있었다. 그런데 초일류 대학인 서울대에서도 이럴 줄은 몰랐다.

아니, 엘리트만 다니는 대학이니 더 좋은 인맥을 쌓을 수 있을 것이고, 그것 때문이라도 서울대에 입학하는 신입생도 있을 것 같았다.

"정말?"

"요즘 추세래."

"그렇지. 어릴 때부터 인맥을 쌓아두면 좋지."

그때 면접실 안에서 양복을 잘 차려입은 선배 한 명이 문을 열고 나왔다.

"58, 59, 60, 61번, 들어오세요."

마치 대기업 입사 시험장처럼 긴장감이 넘친다.

"딱 봐도 스물한 살 정도인데."

아직 솜털도 다 안 빠진 것 같은데 꽤나 무게를 잡고 있다.

"예."

"예, 선배님!"

내 번호가 59번이다. 나를 포함해서 네 명이 호명됐다.

그중 여자가 두 명인데 아이러니하게도 한 명은 꽤나 예쁘고 한 명은 꽤나 뚱뚱하다. 그리고 남자 하나는 양복을 잘 차려입었고 여자들도 모두 정장 차림이다.

'나만 청바지네.'

나도 모르게 좀 꿀린다는 생각이 들었다.

"시간 없어요. 빨리 들어와!"

어느 순간 반말이다.

"예."

＊　　　　＊　　　　＊

　면접실 안에는 의자가 네 개가 놓여 있고, 그 의자 앞에는 양복을 잘 차려입은 면접관 선배들이 근엄한 눈빛으로 면접실에 들어온 우리를 보고 있다.

　"번호대로 앉아요."

　말투에서 중압감이 느껴진다. 그리고 그들의 시선이 내게 향했을 때 살짝 인상을 찡그렸다.

　눈빛이 면접에 저따위로 입고 왔냐는 것 같다.

　"예, 선배님."

　면접을 보기 위해 신입생들이 자리에 앉았다.

　면접관 선배들의 눈빛이 매처럼 예리하다.

　꽤 유명한 스터디 동아리라는 것은 미리 알았지만, 이 정도로 대단한 줄은 몰랐다. 그리고 면접관들이 면접을 보기 위해 앉은 신입생들과 미리 제출한 자기소개서를 살피다가 재미있는 것을 발견했다는 듯 자기들끼리 수군거렸다.

　"박동철이 그 박동철이야?"

　자기들끼리 수군거리지만 귀를 기울이면 다 들린다. 나를 말하는 것 같다.

　"그 노루 점프?"

　여자 선배 면접관이 내가 제출한 자기소개서와 나를 번갈아 보며 피식 웃었다.

　학교 내에 소문이 쫙 퍼진 것이다. 그리고 저들의 미소 속에서 나를 무시하는 게 느껴졌다.

'괜히 왔네.'

내 대학 생활 동안 노루 점프가 끝까지 따라다닐 것 같다. 법대 교수님 중에는 내가 졸업을 하지 못할 거라고 확신하는 교수들도 있었다.

그러니 저들도 저렇게 나를 보는 것이다.

그저 운이 좋은 놈으로만 여기는 것이다.

그리고 그런 내가 자신들과 같은 대학에 다니고 있다는 자체가 짜증나는 것 같았다.

"그런 것 같네."

자기들끼리 뭔가 이야기하다가 나를 봤다.

"허참, 급이 엄청 떨어졌어."

저들은 속삭였다고 생각할지 모르나 다 들린다.

그리고 들으라고 속삭이는 것 같기도 했다. 당사자를 앞에 놓고 저런 소리까지 할 수 있다는 것이 놀라웠다.

하지만 현실이니 뭐라고 할 수도 없었다. 그리고 이것도 면접이라면 면접이니 싫은 내색도 할 수 없었다.

"시간이 없으니까 간단하게 질문하겠습니다."

긴장되는 순간이다.

"이 자리에 있는 네 명 중에 동아리 가입이 불가한 지원자를 지목하고 이유가 뭔지 말해보세요."

불합격자를 면접을 보는 우리더러 고르라고 한다.

겨우 스무 살에서 스물세 살 정도의 어린것들의 생각치고는 참 때가 많이 묻었다는 생각이 들었다.

속으로 욱했다.

그리고 더 놀라운 것은 세 명의 시선이 나에게 향했다가 뚱뚱한 여자애에게로 고정됐다.

'이건 또 다른 형태의 갑질이네.'

정말 어이없는 순간이다.

"누가 먼저 할래요?"

면접관이 우리를 보며 물었다.

"제가 먼저 할게요, 면접관님!"

꽤 예쁘장하게 생긴 여자애가 공손하게 손을 들었다.

자신만만한 눈빛이다. 그리고는 나를 힐끗 보더니 뚱뚱한 여자애에게 시선이 고정이 됐다.

"하세요."

면접관 선배가 비릿하게 웃으며 말했다.

'여자의 적은 여자.'

만고의 진리이다.

예쁘게 생긴 여자가 60번이고 뚱뚱한 여자는 59번이다.

"저는 59번 지원자가 탈락할 것 같습니다."

60번 여자 신입생의 말에 뚱뚱한 59번이 고개를 푹 숙였다.

'대놓고 너무하네.'

저런 공격은 나에게도 향할 것 같다.

"이유가 뭐죠?"

면접관 중 하나가 당연한 지적이라는 눈빛으로 60번 여자에게 물었다.

"여자가 뚱뚱하다는 것은… 아니, 모든 사람이 뚱뚱하다는 것은 자기 관리가 안 되어 있다는 의미입니다. 자신도 관리하지 못하면 스터디에 방해가 되죠. 가장 기본적인 것도 안 되어 있는 지원자라고 생각합니다."

다짜고짜 독설이 튀어나왔다.

"그렇군요. 좋은 지적이었습니다. 스터디의 기본은 자기관리에서부터 나오죠. 스터디를 할 때 남에게 피해를 줄 수 있어요."

"맞아요. 저 정도의 비만이면 옆에서 보는 것만으로도 숨이 막히죠."

순간 나는 이 장소가 비만녀를 향한 마녀사냥인가 하는 생각이 들었다.

그리고 뚱뚱한 것도 죄가 되는 세상이라는 것을 알았다.

'어린것들이, 쯔쯔쯔!'

이런 상황을 만들어낸 저 선배들도 어이가 없고 하란다고 맹랑하게 남을 질책하는 어투로 말하는 저 여자애도 어이가 없다.

"또 다른 의견 있습니까?"

그때 끝에 앉은 61번이 나를 보며 손을 들었다.

'이번에는 내가 마녀사냥의 대상이군.'

직감적으로 61번의 눈동자가 나를 향해 나를 타깃으로 삼을 거라는 생각이 들었다.

"61번, 말하세요."

"저는 58번이 이번 면접에 불합격할 것 같습니다."

내가 지목되자 면접관 놀이를 하는 선배들이 관심 있는 눈으로 나를 봤다.

'망할 새끼!'

속으로는 욱했지만 어떤 말을 하는지 두고 보기로 했다.

"이유가 뭐죠?"

"스터디 동아리에 대한 사전 정보가 없고 면접을 우습게 본 듯 준비가 빈약합니다."

"준비가 빈약하다고요?"

"예."

"어떤 의미에서 준비가 부족하죠?"

"이 동아리는 대학에서도 톱클래스의 엘리트가 모이는 스터디 동아리입니다. 그럼 경쟁이 치열할 것이고, 그 경쟁에서 기본은 깔끔한 옷차림이라고 생각합니다. 그리고 제가 아는 사람이 58번이 맞는다면 스터디를 진행할 정도의 실력이 안 될 거라고 생각합니다."

옷과 내 실력이 문제란다.

'어이가 없네.'

나는 속으로 뇌까리며 피식 웃었다.

"왜 그렇게 웃죠?"

면접관 하나가 내가 피식 웃는 것을 보고 물었다.

"면접관도 그렇고 지원자들도 그렇고 남녀 모두 양복을 빼입고 오셨는데 그게 웃겨서요."

내 말에 면접관이 인상을 찡그렸다.

"뭐라고요?"

"그 양복, 누가 사준 겁니까? 제 생각으로는 선배님들이야 서울대 간판으로 고액 과외라도 하셨을 것이니 자기 돈으로 샀겠지만, 응시생들이야 이제 신입생이니 부모님께 손 벌려서 입고 왔겠죠. 그게 준비입니까? 허영이지."

내 일침에 대부분의 면접관이 인상을 찡그렸다. 그런데 맨 끝에 있는 면접관 여선배 하나가 호기심 가득한 눈빛으로 귀엽다는 듯 나를 봤다.

"그래서요?"

"그럼 저도 한마디 하죠."

"하세요."

이미 이 자리에 있는 대부분의 사람들은 내게 적대적으로 변했다.

'합격할 것 같지도 않으니까.'

그럼 깽판이다.

속이 뒤집힌 것이나 풀고 가야겠다.

*　　　　　*　　　　　*

전문대 의상디자인과 실습실.

"니가 한 거니?"

최은희의 의상 스케치를 보고 교수가 관심을 보이며 물었다.

"네, 제가 했는데요……."

최은희가 부끄러운 듯 작게 말하자 학생들의 시선이 은희와 교수에게 쏠렸다. 그런데 학생들의 눈빛이 묘했다. 특히 여자 학생들은 더욱 이상했다.

"독특하네."

"감사합니다, 교수님."

"어디서 보고 베꼈어?"

"예?"

"일본이나 프랑스 의상 잡지는 아닌 것 같고.

"제가 그린 건데요."

은희가 기어들어 가는 목소리로 대답했다.

"정말?"

"…예."

"천재 나셨네."

저 나이에 학생 앞에서 교수가 이죽거린다는 것이 놀랍다.

"……."

"정말 네가 그렸니?"

"예."

"어디서 본 듯한데, 확인해 봐야겠다. 며칠 보고 줄게."

교수가 다짜고짜 말하고 돌아서면서 은근슬쩍 어깨와 쇄골 부분을 터치했다. 은희는 놀란 표정을 감추지 못했다.

"예, 교수님."

"표절이 얼마나 무서운 일인지 알지? 모티브라고 생각하지만 그 자체가 우리 업계에서는 표절이야. 창의력이 없으면 구로공단으로 가서 동대문에 넣을 옷이나 베껴."

졸지에 최은희는 외국 잡지를 베낀 꼴이 됐다.

"오늘 수업은 여기까지."

교수는 아무렇지도 않게 말하고 최은희의 스케치북을 들고 강의실을 나갔다.

"저거 또 지랄이네."

여자 선배 하나가 퉁명스럽게 말하며 최은희에게 다가왔다.

"예?"

"니 거 빼앗겼어."

"예?"

"며칠 지나면 알아. 이 바닥이 다 그렇다. 그리고 스케치북 받으러 오라고 하면… 아니다, 됐다."

"예?"

"잘 생각해. 저게 저래도 이 바닥에서 말발이 좀 된다. 예쁘면 귀여움 받고 취업도 잘되고."

여자 선배의 말에 최은희는 용봉철의 얼굴이 떠올랐다. 그리고 달라진 것이 없다는 생각이 들었다.

고등학교 교실에서 전문대 실습실로 장소만 바뀐 것이었다.

"무슨 말씀이세요?"

"너, 예쁘잖아."

여자 선배가 피식 웃었다. 이 순간 최은희는 예쁘다는 저 말이 칭찬으로 들리지 않았다.

"……."

"그게 무기가 된다고. 에이 씨, 내가 오지랖이 너무 넓네. 며칠 지나면 알아. 알아서 잘해라. 나는 이 수업만 이수하면 졸업이니까."

최은희는 뭔가 있다는 생각이 들었다.

"저 그런 애 아니에요, 선배님."

"누군 그런 애라서 그러겠니? 하여튼 그런 애 아니고 싶으면 저 문 껄떡이 조심해. 디자인 빼앗긴 건 빼앗긴 거고, 다른 것도 빼앗기면 좀 그렇잖아?"

여자 선배가 최은희의 몸을 쭉 스캔하듯 봤다.

"껄떡댈 만하네. 쩝! 너는 뭘 먹어서 그렇게 발육이 좋냐?"

이건 이죽거린 게 아니라 부러워하는 거다.

"예?"

"저건 어떤 백이 있어서 찔러도 찔러도 다시 학교에 나오는지 몰라."

결국 여자선배가 말한 문 껄떡이라는 교수는 여러 번 똑같은 짓을 반복했다는 의미다. 그리고 그 반복이 학생들 성추행과 학생 작품을 가로채는 거라는 생각이 드는 최은희였다.

'동철이가 있으니까.'

하지만 최은희는 무서울 것이 없었다. 자신의 옆에는 열혈남 아이면서 자신의 애인인 동철이가 있기 때문이다.

"하여튼 조심해라."

＊   ＊   ＊

강의실 복도.

"룰루~ 랄라~ 흐흐흐! 스케치도 좋네."

최은희에게 스케치북을 빼앗아간 교수가 혼잣말로 중얼거리다가 핸드폰을 꺼냈다.

따르릉! 따르릉!

딸칵!

―예, 문 교수님!

"내가 요 며칠 심혈을 기울여 디자인 몇 점 완성했는데 한번 봐봐.

사실 문 교수가 전문대 의상디자인과 교수를 하고 있는 것은 학벌이 달리기 때문이었다. 그리고 새로운 디자인을 만들어내지 못했기에 이렇게 제자들의 디자인을 가로채기 위함이기도 했다.

"마음에 들면 패션쇼 한번 하자고. 나도 성과가 있어야 하잖아."

—당연하죠. 다음 주 중으로 준비하겠습니다, 문 교수님. 그리고 한잔해야죠?

"아쉽네. 내가 요즘 치질이 있어서 비데 써."

—아~ 죄송합니다.

"다음에 봐요. 하하하!"

뚝!

통화가 끝났다.

"목 부분에 레이스 하나 주면 좋겠네. 흐흐흐!"

나이 똥구멍으로 처먹은 놈 여기 하나 추가다.

그리고 이놈은 사람을 잘못 골랐다.

                    *   *   *

스터디 동아리 면접장.

"갑질이라는 말 아세요?"

"예?"

아직 갑질이라는 말이 나오지 않은 시절이다. 어쩌면 내가 처음으로 갑질이라는 말을 사용한 사람이 될지도 모른다.

물론 내가 갑질이라는 말을 했다고 기억할 사람은 없을 것이다.

음식점에서 음식을 만드는 사장이나 여자 종업원을 이모라고 처음 부른 사람을 기억하지 않는 것처럼 말이다.

"뭐라는 거야?"

남자 선배 하나가 나를 쩨려봤다. 어이가 없다는 눈빛이다. 실제로도 어이가 없을 것이다. 대놓고 이렇게 말하는 신입생은 없었을 테니까.

"계약서를 작성할 때 고용인(雇用人)을 갑이라고 명명하죠. 그리고 고용되는 직원을 을이라고 하죠. 그리고 고용인들이 대부분 지랄을 하죠."

"뭐, 지랄? 그럼 우리가 지금 지랄한다는 거야?"

남자 선배의 얼굴이 붉어졌다.

"여긴 대학이고 순수해야 하는데, 면접 질문이 누가 여기서 떨어질 것 같으냐? 골라라! 이건 아니잖아!"

나는 바로 반말을 시작했다.

대차게 나가야 한다. 분풀이라도 하고 나갈 생각이다. 물론 학교에 소문이 쫙 돌 것이다.

박동철이 싸가지 없다고.

"뭐?"

"그래서 갑질이라는 거고, 아니, 그냥 이건 갑질하고 싶은 거지. 여기 유명한 거 알아."

"건방지게 어디서 반말이야?"

순간 분위기가 싸늘해졌다. 면접관 놀이를 하는 학교 선배들이 당장이라도 달려와서 한 대 칠 분위기다.

"아, 그리고 그것만 아나? 내가 노우스코리아 마운틴 노루 점프 뷰티풀의 주인공이라는 것만 알고 경남에서 알아주는 일진이었다는 것은 몰랐나?"

순간 내 말에 분위기가 싸늘해졌다.

이 판에 낄 수 없다면 분풀이라도 해야겠다. 그리고 이런 속물 판에 인맥이라는 미명으로 끼고 싶지 않았다.

"뭐, 뭐라고?"

"언제까지 갑질을 할 수 있을 것 같아? 3년? 아니면 4년? 서울대라고 주구장창 잘나갈 것 같지? 세상은 점점 힘들어질 거야. 그때는 내가 앉은 자리에 선배님들이 앉아 있을 것이고, 똑같은 질문을 대기업 면접관들에게 받게 될 겁니다. 그때 표적이 안 될 거라고 확신하세요?"

어느 순간 다시 존댓말을 사용했다. 위협을 했으니 다음은 이죽거려 줄 참이다. 이런 공갈과 협박은 불법 채권 추심할 때 조폭 선배들에게 배운 것이다.

조폭이라고 주먹만 쓰는 것이 아니었다.

조폭도 이제는 말발이 되어야 했다.

그때 조폭 선배는 말했다.

주먹만 쓰는 조폭은 삼류라고.

그리고 앞으로는 머리 쓰는 조폭이 일류가 될 거라고.

그때 합숙하면서 배운 것을 지금 써먹고 있다.

"이게… 미, 미쳤나?"

"그때 선배들은 저 여학생이 느낀 비참함을 느끼게 될 겁니다. 여기에 온 응시자들의 목적이 인맥을 쌓으려고 왔다대요. 해님 달님 동화책에서 썩은 동아줄을 잡은 호랑이 때문에 수수밭의 수수가 빨개졌죠."

"무슨 소리야?"

"동화책이나 읽어보라고."

"뭐야? 이게 정말! 학교생활 하기 싫어? 서울대가 우스워?"

서울대?

내게는 벅차다. 하지만 이제는 우습기도 하다.

지식과 지혜는 분명 차이가 있다.

지식이 많다고 반드시 지혜롭지는 않았다.

그래도 내가 법대생인데 인맥을 위해 스터디를 만든 동아리라면 내가 어떻게 될지도 모르는데 이러고 있다. 아마도 저들은 내가 죽었다 깨어나도 졸업을 못할 거라고 생각하는 것 같았다.

그러니 이 지랄인 것이고.

"협박?"

나는 매섭게 남자 선배 면접관을 째려봤다.

"선배한테 막말하는 신입생이군. 버릇이 없어."

이 상황에서도 점잔을 떠는 놈이 있다.

"그러면 선배는 후배한테 그러면 되나? 그리고 내가 미리 알아본 바로는 여기 법대 선배는 없던데요."

"뭐?"

"여기 가입된 선배님들은 다들 잘사시는 분들이더라고요. 저, 반드시 검사 될 겁니다. 기대하세요. 대부분 똑똑하고 이기적인 사람들이 죄를 짓죠."

"뭐라고? 무슨 헛소리를 하고 지랄이야!"

면접관 선배들이 멍해졌다. 그리고 어이가 없다는 듯 피식 웃는 이도 있다.

마치 그럴 일은 절대로 없다는 눈빛이다.

만약 네가 사법고시에 패스한다면 이 대한민국에서 살지 않겠다는 눈빛이다.

어쩌면 이 순간까지는 저들의 생각이 현실일지도 모른다.

사법고시가 절대 쉬운 시험은 아니니까.

"그리고 제가 여기서 이런 소리 해서 싸가지가 없다고 법대 선배님들이 혼을 내시면 줄빠따라도 맞죠. 하지만 제 선배님들은 안 그럴 것 같습니다. 이런 헛 지랄을 떠는 선배들이 아닌 법과 정의를 실현하고자 하는 자랑스러운 서울법대 선배니까요."

사실 법대 선배 중에 이런 스터디 동아리에 가입한 선배는 없었다.

다들 사법고시를 준비하는 출중한 선배들이라 눈에도 안 찰 것이다. 물론 인맥을 쌓기 위해 가입할 수도 있지만 사법고시 합격이야말로 진정한 인맥을 만드는 지름길이라 관심도 없을 터였다.

부족한 영어를 보충하겠다는 마음에 신청했는데 이건 아닌 것 같았다. 정말 내 실수라면 실수였다.

"그리고 어린 제가 충고 하나 해드리고 가죠."

"……."

"인맥을 좇지 말고 인맥의 중심이 되세요. 이게 뭐 하는 꼬라

지입니까? 치졸하게."

나는 바로 자리에서 일어났다.

"저는 그만 갑니다. 면접 보시느라 바쁘실 테니 나오지 마세요."

"이, 이게… 미쳤나? 맞고 싶어?"

남자 선배 면접관이 버럭 소리를 질렀다.

"참아, 영철아! 괜히 저런 애 몇 대 쥐어박으면 골치만 아파."

말은 그렇게 했지만 이제야 영철이 네가 나섰구나 하는 눈치다.

"아휴! 나 성질 많이 죽었다."

"참아!"

덩치가 좀 있다. 헬스나 격투기 정도 했을 것 같다.

하지만 격투기와 실전은 다르다.

덤비면 부숴 버릴 참이다.

"제가 영어는 노루 점프 뷰티풀이지만 쌈질은 전국 1등입니다. 괜히 여자 선배들 있다고 설치지 마세요. 맞고 나면 더 창피하니까."

"이 깡패 새끼가!"

남자 선배가 소리를 버럭 질렀다.

그 순간 나도 모르게 본심을 담아 선배를 노려봤다.

"깡패는 자기가 가진 한없이 빈약한 것으로 자신보다 약한 존재를 위협하는 양아치를 말하지! 그게 주먹이든 지식이든 상관없이 말이야! 주먹을 써야 깡패인가? 말로 사람의 마음을 베는 것은 주먹을 휘두르는 폭력보다 더한 폭력 아닌가!"

버럭 소리를 지르고 돌아서서 당당하게 면접실을 나왔다.

깽판이라면 깽판이다.

하지만 저들은 분명 말로 폭력을 휘둘렀다.

비록 내가 정의로운 존재는 아니지만 배알이 꼬여서 더는 못 참고 욱했다.

"야, 박동철!"

남자 선배가 버럭 소리를 질렀다.

"왜!"

"내가 너 무사히 졸업하는지 두고 볼 거다!"

"봐라! 두고두고 봐라! 나는 꼭 너 때문에라도 졸업한다!"

그냥 괜히 왔다는 생각밖에 들지 않았다. 정말 마음 같아서는 몇 대 쥐어박아 주고 싶지만 참아야 한다.

이제는 대학생이니까.

하여튼 어디에도 갑질은 있다는 것을 알게 됐다.

'젠장! 갑질의 세상이네. 쩝!'

어떻게 되었든 분풀이는 한 것 같지만 괜히 적을 만든 것 같기도 하다. 하지만 입은 삐뚤어져도 말은 바로 해야 한다. 그래야 암이 안 걸린다.

'소문 쫙 돌겠네.'

놀라운 것은 학교는 소문이 참 빠르다는 것이다.

*   *   *

영어 교양과목 강의실.

"다음 주 월요일까지 영작으로 자기소개서를 제출하세요."

강의가 끝나자 다른 학생들에게는 너무나 간단한 리포트가 주어졌다. 서울대생이니 너무나 쉬울 것이다.

"창의적으로 작성해 오세요. 문법 같은 거 보려는 것 아니니까."

리포트에 대해 말하던 조교가 이 많은 수강생 중에서 나를 찾아내고 의미심장한 미소를 보였다.

'제발!'

조교가 무슨 말을 할지 알 것 같다.

"아주 창의적으로 감명 깊게! 나는 이번에 노우스코리아 마운틴 노루 점프 뷰티풀이 가장 좋았네요. 호호호!"

놀리는 것 같으면서도 또 아닌 것 같다.

"하하하!"

"호호호!"

강의실이 뒤집어졌다. 아마 졸업할 때까지 꼬리처럼 달고 다닐 것이다. 졸업을 할 수 있다면 말이다.

"다음 주에 봐요."

조교가 살짝 미소를 보이고 강의실을 나갔다.

딩동!

강의가 끝나자마자 핸드폰을 켜니 바로 문자 메시지가 떴다. 돈은 없어도 핸드폰은 샀다.

핸드폰 가격이 나날이 떨어지고 있고, 노예 계약이면 적은 금액으로도 장만할 수 있었다.

"뭐지?"

나는 문자 메시지를 확인했다.

─법대 옥상으로 와라, 꼴통 노루!

딱 세 시간 만에 소문이 쫙 돈 모양이다.

나한테 이렇게 강압적으로 오라 마라 하는 것을 보니 법대 직속 선배들일 것이다.

사실 법대만큼 서열이 분명한 곳도 없었다. 사법고시를 패스하면 끌어주고 밀어줄 선후배들이니까.

그래서 군기가 강했다.

"딱 세 시간 만에 호출이네."

오라면 달려가야 한다. 다른 사람들은 다 무시하고 살아도 법대 직속 선배들은 무시하면 안 되었다.

제5장
도둑맞은 디자인

옥상에선 술판이 벌어지고 있었다.

보통은 잔디밭에서 술판을 벌이는데, 선배의 호출에 헐레벌떡 뛰어 올라가니 해도 안 졌는데 술판이 벌어져 있다.

"너, 깽판 쳤다며?"

지금 나를 보고 있는 선배는 대학도 졸업하지 않고 사법고시를 합격한 최무성이라는 전설적인 4학년 선배였다.

이번에 졸업하면 법무관으로 간단다. 보통 다 그렇다. 사법고시를 합격하면 법무관으로 간다. 하지만 결코 그건 쉬운 일이 아니었다. 그리고 지금 내 상황에서는 거의 불가능한 일이고.

"죄송합니다, 선배님!"

최무성은 법대 전임교수도 무시하지 못했다.

"죄송할 짓을 왜 해?"

저렇게 물으니 할 말이 없다.

"죄송합니다."

"쫄지 말고 앉아."

"예."

나를 보며 '이거 물건이네' 하며 웃고 있다.

"그러니까 법대생이 쪽팔리게 그런 곳에는 왜 갔어? 영어랑 사법고시랑 무슨 연관이 있다고."

듣고 보니 틀린 말도 아니다.

"제 별명이 노루라서요. 아시겠지만……."

"영어가 달리지?"

"예, 선배님."

"사법고시에는 영어 별로 필요 없다. 한문이 많이 필요하지. 물론 영어도 필요하기는 하지만."

"예, 선배님!"

"하여튼 신입생 중에 물건 하나 들어왔더니 물건이네. 하하하! 속이 다 시원했다. 나는 똥이라서 피했는데 너는 똥밭에서 굴렀네."

"감사합니다, 선배님!"

"너, 법대 선배가 빠따 치면 맞는다고 했다며?"

역시다.

"예, 선배님이 후배 잘되라고 때리시면 맞아야죠."

"그 스터디에 대장질하기 좋아하는 내 친구 놈이 하나 있는데, 누가 물어보면 죽도록 맞았다고 해라. 나도 체면이 있잖아."

최무성 선배가 피식 웃으며 말했다.

"예, 알겠습니다."

"그리고."

"예, 선배님!"

최대한 공손히 대답했다.

"사람은 다른 사람을 꽃으로도 때리면 안 된다. 네가 그랬다면서? 말로도 마음을 벤다면 그것도 폭력이라고."

나도 모르게 심장이 멈추는 것 같다.

"뭘 그렇게 봐?"

"아, 아닙니다."

"내가 원래 대사발이 죽어. 하하하!"

"아닙니다. 정말……."

"그리고 영어 회화 하고 싶으면 유학 온 백마랑 사겨. 걔들도 서울법대라면 깜빡 죽는다. 그게 직방이다. 쭉쭉 빵빵해서 영어가 쑥쑥 콩나물 자라듯 큰다."

"예?"

"백마를 꼬시려면 영어가 되어야 하고, 말이 통해야 스킨십도 되고 진도도 나갈 거 아냐. 무슨 말인지 알지?"

최무성 선배, 참 묘했다.

"그건 안 됩니다.

"왜?"

"애인 있습니다."

"애인?"

"예."

"사법고시 합격해도 그 애인이 네 마누라냐?"

의미심장한 말을 내게 했다. 사법고시를 합격하면 유혹이 많 단다. 연수원에서부터 내놓으라는 뚜쟁이들이 달려든단다.

돈 없는 놈이 사법고시에 합격하면 돈으로 기를 죽여서 돈은 있는데 가방끈이 짧은 졸부 집에 팔아먹는단다.

그 이야기를 하는 것 같았다.

"예?"

"사법고시에 패스하면 유혹이 많아."

"저는 일편단심입니다."

"그래?"

"예."

"지금 차면 버린 것은 아니게 된다."

"나중에 차면……."

"출세해서 조강지처 버린 놈이 되지."

최무성 선배가 피식 웃었다.

"안 버립니다."

"자신하나?"

"예."

"이거 정말 꼴통이네. 술 한잔할래?"

"예."

법대 직속 선배가 주는 술이다. 오늘은 더 이상 수업도 없고.

사실 입학하자마자 술에 절어 살았다. 그리고 얻은 또 하나의 별명이 술독에 빠진 노루다. 하여튼 어떻게든 노루라는 별명은 따라다녔다.

콸콸콸!

최무성 선배가 내게 술을 따라줬다. 하지만 잔이 차도 멈추지 않아 술이 넘쳤다.

"선, 선배님!"

"괜히 알량한 객기 부리지 마라. 학교생활 골 아파진다. 천재가 많은 곳에는 사이코도 많다."

순간 말투가 차가워졌다.

"지금 네가 하는 건 다 객기다. 힘없는 정의는 무능이다. 힘이 생겼을 때 행동하지 않는 것은 부패이고."

뼈가 되고 살이 되는 말이다.

"…꼭 명심하겠습니다, 선배님!"

"이거 물건이네. 앞으로는 형이라고 불러."

"제가요?"

"그래, 형! 형이라고 해봐."

"…형!"

사실 선배들 중에 최무성 선배와 인연을 만들려는 선배들이 많았다.

심지어 최무성 선배, 아니, 무성이 형은 꽤나 좋은 집안 출신이었다. 정확하게 말하면 법조계 집안이었다. 그리고 천재였다.

또 약간 꼴통기가 있다고 들었다. 하여튼 친해지면 나쁠 것이 없는 형인 것은 확실했다.

'일이 묘하게 풀리네.'

하여튼 오늘 객기 한번 부리고 형이 생겼다. 그것도 엄청나게 카리스마 넘치는 형이.

＊　　　　＊　　　　＊

"아, 술 냄새!"

자취방에 들어서자마자 은희가 술 냄새 난다고 짜증을 냈다. 신입생이라고 술에 절어 들어온 적이 한두 번이 아닌데 오늘은 짜증이 더 심했다.

'혹시… 생리하나?'

여자가 생리를 하면 마녀가 된다는 소리를 들었고, 이미 경험도 했다.

'명득이가 빨리 방법을 찾아야 해.'

결혼한 남자들이 왜 자꾸 집 밖으로 못 나가서 안달을 내는지 알 것 같다. 그렇다고 은희가 지겨워졌다는 말은 아니다. 여전히 사랑스럽고 마음에 든다.

요즘은 음식을 배워보겠다고 열심이다. 청소도 하고.

뭐든 처음부터 잘하는 사람은 없으니 은희도 곧 잘할 것이 분명했다.

사실 내가 미래에서 꽤 오래 자취생활을 했기에 이것저것 잘하는 것이다.

겨우 스무 살짜리 여자애가 잘하면 얼마나 잘하겠는가.

"양치질 좀 해!"

목소리에서도 짜증이 가득하다.

"알았어."

술 마시고 들어왔으니 잘한 것이 없다.

"스케치북이 새 거네?"

여자의 기분을 풀어주는 가장 좋은 방법은 관심을 보이는 거라고 들은 적이 있다.

"하나 샀어."

"그렇구나."

"아, 짜증나!"

은희는 스케치에 열중하면서도 짜증을 부렸다.

뭔가 있는 것 같다.

이런 일은 없었는데.

딩동~ 딩동~

그때 은희의 핸드폰이 울렸고, 은희가 문자를 보고 인상을 찡그렸다.

"아, 짜증나!"

"뭔데?"

"아무것도 아니야. 양치나 해."

"…으응."

폭풍전야다.

분명 무슨 문제가 있는 것 같다.

'뭔가 있나?'

딩동~ 딩동~

또 문자가 왔다.

그리고 잠시 후 핸드폰이 울렸다.

"진짜 이거 진상이네. 으음!"

은희가 짜증을 부리며 핸드폰을 받았다.

"예, 교수님!"

부엌에서 통화 내용이 궁금해 엿들었다. 그런데 은희가 진상이라고 말한 존재가 교수라는 것이 놀라웠다.

—일주일 후에 패션쇼를 하는데 같이 가자. 실습이라고 생각하고.

잘 안 들렸다.

"다음 주요?"

—내 작품전이 있는데, 유명 의류업체랑 연계해서 하는 패션쇼야. 우리 은희한테 도움이 될 거야.

내 귀에 들린 것은 우리 은희라는 말이다.

'뭐지?'

예쁘면 이것저것 꼬인다. 그런 맥락인 것 같다.

내가 살던 미래에서는 허구한 날 대학에서 성추행이 난무한다는 뉴스가 나왔다. 그리고 며칠 후면 그런 개들이 다시 복직됐다는 뉴스가 나왔다.

—왜, 싫어? 네 선배들은 같이 가지 못해서 안달이야!

은희가 바로 대답이 없자 역정을 내는 것 같다.

"…예, 갈게요."

—내일 학교에서 보자.

"예, 교수님!"

—내 꿈 꿔~

나도 모르게 인상을 찡그렸다.

'내 꿈 꿔? 교수라면서 나이를 똥구멍으로 처드셨나?'

순간 나도 모르게 욱했다.

"개새끼! 니 꿈꾸면 악몽이지."

전화를 끊자마자 은희가 욕을 했다. 은희의 짜증의 이유가 저 개새끼 때문인 것 같았다.

"왜 이렇게 스케치가 안 돼. 에이!"

하여튼 며칠간 비상경보인 것 같다.

"동철아! 은희야!"

밖에서 조명득이 우리를 불렀다.

"들어간다."

벌컥!

조명득이 문밖에서 소리를 지르고는 벌컥 문을 열고 들어왔다.

"뭔데?"

퉁명스럽게 말하며 눈으로 조명득한테 은희가 별로 기분이 안 좋다는 눈치를 줬다.

"니들 피곤하지?"

"왜?"

"비타민 주사 맞을래?"

뭔가 낌새가 이상했다.

"싫은데?"

"올라와라."

"뭐야?"

"비타민 주사다. 피부에 아주 좋단다. 피로에도 좋고."

"미선이 실습이지?"

은희가 바로 감을 잡았다.

"아, 아니……."

"아니긴 무슨… 가자. 기분도 꿀꿀한데 수다나 떨어야겠어. 오늘 맥주나 마시자."

은희가 꿀꿀한 기분을 술로 풀려고 했다.

*   *   *

옥탑방.

옥탑방 바닥에 치킨과 맥주가 놓여 있다.

미선은 내 팔을 잡고 째려보고 있다.

"힘 좀 빼라. 사내새끼가 뭐 그렇게 겁이 많냐?"

미선이 주사기를 잡고 내게 말했다.

실습이다.

누가 간호전문대 학생 아니라고 할까 봐 이러고 있다. 문제는 이제 겨우 3주밖에 안 된 간호전문대 1학년이라는 거다.

"왜 나부터 맞는데?"

"명득이는 벌써 다 맞았다."

여기서 다 맞았다에 주목해야 할 것 같다.

"다?"

"응. 양팔에 양 엉덩이까지."

"나 뽕쟁이인 줄 알겠다."

조명득은 내가 주사바늘에 겁을 먹은 것을 보고 재미있다는 듯 실실 쪼개고 있다.

역시 실습이다.

"힘 빼라. 바늘 부러지겠다."

힘을 빼라고 했지만 자꾸 힘이 들어갔다. 따지고 보면 미선의 시술은 무면허니까.

"저기… 1학년이 벌써 이런 것도 배우니?"

"배우지. 미리미리 실습해야지."

미선은 제법 적극적인 성격이다. 오버를 하고 있는 것 같다.

"그렇지. 아얏!"

주사를 놓는다는 말도 없이 팔의 혈관을 찾아 찔렀다.

"어머!"

미선이 놀라 소리쳤다. 직감적으로 잘못 찔렀다는 생각이 들었다.

"왜?"

"혈관을 잘못 찔렀다."

이럴 줄 알았다.

"원 모어 타임!"

"싫다."

"비타민이다. 비싼 거다."

명득이가 밑밥을 깔고 있다.

이럴 때는 뻥일 확률이 높았다.

"이거 무면허 아냐?"

"가만히 있어라."

미선이 다시 내 팔을 잡고 늘어졌다. 그리고 다시 한 번 바늘로 찔렀고, 운이 좋았는지 성공했다.

"공부하는데 피곤하니까. 고마운 줄 알아."

퍽이나 고맙다.

"우리 명득이도 링거 맞자. 공부하는데 피곤하니까."

미선의 말에 명득이 겁을 먹었다.

"…또?"

"그때는 실습이고 지금이 진짜다."

지금 제일 불쌍한 것은 명득이 같다.

하여튼 그렇게 명득이와 나는 실습 대상이 됐고, 어찌 되었던 수액을 맞았다. 수액이라는 것이 그렇다.

맞을 때는 엄청 불안했지만 맞고 나니 개운한 느낌이 들었다.

그리고 술도 빨리 깨고.

문제는 나나 명득이나 오른팔에 링커를 꽂으며 맥주를 마시고 있다는 것이다.

술을 깨면서 술을 빨고 있는 거다.

"은희야."

"왜?"

"무슨 일 있어?"

"아니. 왜?"

"표정이 그래서."

링커를 맞으며 은희와 미선의 대화에 주목했다. 나는 은희가 무서워서 차마 물어보지 못했다.

물어보지는 못했지만 계속 궁금했는데 미선이 물어보고 있다.

"학교에 개새끼가 하나 있어."

"개새끼?"

"응. 그 개새끼가 내 디자인 스케치 가져갔어."

"왜?"

"선배들 말로는 도둑맞은 거래."

은희가 인상을 찡그렸다.

그런데 지금 은희가 하는 말이 나한테 하는 소리로 들렸다.

'그런 미친 새끼가 있어?'

순간 욱했다.

"어떻게 할 건데?"

"돌려받아야지."

"괜히 그러다가 미운털 박히는 거 아냐?"

"그래도 꼭 돌려받을 거야."

은희는 한다면 하는 애다. 당찬 면도 있고 독한 면도 있다.

'문제가 생길 것 같은데?'

디자인을 가져갔다는 것은 표절을 하겠다는 말이다. 그러니 순순히 돌려주지 않을 것이고, 괜히 은희가 역풍을 맞을 수도 있었다.

"생각 잘해."

"응. 동철아."

은희가 가만히 앉아 명득과 맥주를 마시고 있는 나를 불렀다.

"응. 왜?"

"다음 주에 패션쇼가 있는데 같이 갈래?"

지금 분위기에서는 따라야 나중이 편하다.

"응."

하여튼 은희의 짜증은 학교에 있는 그 개새끼 때문인 것 같았다. 그리고 내 기억의 미래에서도 이런 일은 비일비재했다.

제자의 논문을 훔치는 교수들이 있다는 뉴스가 자주 나왔으니까.

*　　　　*　　　　*

링거를 맞으면서 맥주를 마신 다음날.

강의실에 도착했지만 술이 안 깬다.

수액과 함께 맥주가 몸 전체로 흡수된 모양이다.

하여튼 은희는 밤새도록 미선과 수다를 떨었고, 나와 조명득은 그저 눈치만 본 밤이었다.

"미취학 아동의 증언이 법적 효력이 있다고 생각하는 사람?"

단상에는 처음 내가 면접을 볼 때 호의적이던 여교수님이 한창 강의를 하고 계시다.

교수님은 학생들에게 질문을 던지면서 유심히 나를 보셨다.

"박동철 군."

"예, 교수님!"

"어떻게 생각하지?"

"충분한 효력이 있다고 생각합니다."

"분별력이 없는 아이인데도?"

"책에서 본 이야기가 어느 생각납니다."

내가 질문에 답하며 교수님과 이야기를 주고받자 학생들이 나를 주목했다.

법대에서 나는 유명인사다.

더 정확하게 말하면 이슈 메이커쯤으로 보면 된다.

"무슨 이야기지? 논지를 흐리려는 건가?"

"예?"

"질문에 대한 논지를 흐리는 이야기를 하려는 것이 아닌지 해서."

"잘 모르겠습니다. 제 비유가 정확할지는."

"해봐요. 궁금해지네."

"예, 책에서 봤습니다. 옛날에 한 농부가 소를 끌고 사또에게 찾아갔다고 합니다."

"그런데?"

"누군가 주인인 농부 모르게 소의 혀를 잘랐다고 합니다. 농부의 입장에서는 의심이 가는 사람이 있었는데 증거가 없었고, 영리한 사또는 의심 가는 사람들을 관아로 모아 소 앞에 세웠다고 합니다."

"그래서?"

여교수님도 내 이야기에 관심을 가졌다.

"사또는 모인 피의자들에게 물이 담긴 바가지를 주면서 소에게 물을 먹이라고 했답니다."

"소도 자신에게 해를 입힌 사람을 기억한다는 취지를 말하고 싶은 건가?"

"예, 모인 사람들이 소에게 물을 조금씩 먹였는데, 중간에 선 남자 하나가 소에게 물을 먹이려고 할 때 소가 겁을 먹고 요동을 쳤답니다. 말을 못 하는 짐승도 자신에게 해코지한 사람은 기억합니다. 그러니 미취학 아동도 기억할 겁니다."

여교수에게 말하며 나는 내 기억에 있는 대구 황산 테러 사건을 떠올렸다.

그때 황산 테러를 당한 여섯 살짜리 아이가 한 남자를 지목했는데 피의자로 인정되지 못했다.

고작 그 아이가 어리다는 이유만으로.

그리고 결국 그 테러 사건은 영구 미제 사건으로 남았다.

'3년쯤 전이었나?'

기억이 가물가물하다. 지금의 시점으로는 사건이 일어난 지 3년밖에 되지 않았지만, 나는 내가 살던 미래의 시점부터 기억을 더듬어야 한다.

"내가 이야기하려는 핵심이 그거지. 여러분이 기억할지 모르지만 3년 전, 그러니까 99년도에 어린이에 대한 황산 테러가 대구에서 일어났지."

내가 생각한 것을 교수님이 말씀하고 있다.

"여기서 중요한 것은 대한민국은 증거재판주의라는 거다. 증거가 없으면 어떤 죄도 처벌할 수 없지."

"그게 문제인 것 같습니다."

"문제?"

"예, 교수님!"

교수님이 묘한 눈으로 나를 봤다.

"가진 자와 능력 있는 사람은 스스로, 또 힘을 이용해 증거를 은폐하고 법을 이용합니다. 그래서 힘없는 국민들은 법을 신뢰하지 않습니다. 법이 신뢰를 받지 못한다면 더 큰 불신은 만듭니다."

내 말에 교수님이 묘한 미소를 보였다.

"박동철 군은 운동권 성향이 좀 있군."

"예?"

"박동철 군이 한 말을 완벽하게 틀리다고 할 수는 없지. 왜냐하면 어떤 경우에도 법은 아는 만큼 도움이 되기도 하니까. 하지만 분명한 것은 박동철 군이 말한 것처럼 대한민국은 증거재판주의라는 겁니다."

나도 교수님의 말에 동의한다.

증거가 없으면 처벌할 수 없었다.

내가 살던 미래에서는 힘 있는 자, 권력을 가진 자가 증거불충분으로 많이들 풀려났다. 그런 이유로 법은 아는 자의 편에 섰고, 아는 자들은 가진 만큼 법을 이용했다.

"오늘 강의는 여기까지."

교수가 강의실을 나갔다.

"동철아!"

최무성 형이 나를 불렀다.

"예, 형!"

"수업 남았냐?"

수업이 없다고 하면 또 술판이 벌어질 것 같다. 그리고 다행히 수업이 있었다.

인맥을 우선으로 한다면 수업이 있다고 해도 펑크를 내고 최무성을 따라가야 한다.

하지만 갑질하는 그 선배들에게도 말했지만 인맥을 좇을 것이 아니라 인맥의 중심이 되어야 한다.

"예, 남았어요."

"안 빠질 거지?"

"예, 학생이 수업에 빠지면 안 되죠."

"너는 노력하는 한국인이다."

"예, 노력이라도 해야죠. 노루인데."

"꽁해 가지고는! 쩝! 그럼 나는 누구랑 마시냐?"

내가 최무성을 형이라고 부르자 학생들이 관심 있다는 듯 나를 봤다. 자기들도 나처럼 되고 싶은 것이다.

하지만 내게는 이렇게 곁을 내주는 형이지만 다른 사람들한테는 그렇게 다정다감하지 않았다.

형은 아는 것이다. 내가 자신에게 아무것도 바라는 것이 없다는 것을.

그 반대로 지금 한없이 나를 부러운 듯 보고 있는 저들의 시선엔 자신에게 무엇인가를 바라고 있다는 것을.

'하여튼 저 형도 참 특이해.'

천재라는 단어와 사이코라는 단어는 동의어일지도 모른다.

내 친구 명득이처럼.

"혼자 드세요. 저번처럼 옥상에서."

"에휴, 그래야겠네."

"그런데 왜 형은 옥상에서 술판이세요?"

궁금했다.

"술김에 세상을 깔볼 수 있잖아."

"예?"

대답도 참 어이가 없다.

"세상이 내 아래에 있으니까."

"딱 보이는 시야만큼이겠네요."

"…그렇지."

무성 형이 잠시 나를 물끄러미 봤다.

"그리고 입에서 나온다고 다 말하면 안 된다."

"예?"

"법조계는 보수적이거든."

법대 1학년에게 법조계가 보수적이라고 알려주는 것은 오버인 것 같다.

"입은 비뚤어져도 말은 바로 해야죠."

"너 나중에 정말 검사 되면 꼴통 소리 좀 듣겠다."

최무성은 피식 웃고 강의실을 나갔다. 아마 또 어디서 술판을 펼칠 것 같다. 같이 마시자고 하면 수업을 펑크 내고 마실 선후 배는 넘쳐날 테니까. 하여튼 나는 학교생활을 그럭저럭 버티고 있었다.

문제는 그냥 버티고만 있다는 거지만.

*   *   *

빠르게 일주일이 지나갔고, 은희는 교수의 패션쇼에 참석했다.

패션쇼에 참석한 모두가 화기애애한 분위기다. 하지만 최은희는 굳은 표정으로 여자 선배가 한 말이 현실이 된 것을 보고 있었다.

지그시 입술을 깨문 상태로.

런웨이 위로 패션쇼를 주관한 사회자가 올라서자 조명이 그를 비췄다.

"이번 패션쇼의 디자이너인 문형근 님을 모십니다."

그 순간 뒤편에 있던 문형근이 미소를 보이며 런웨이로 올라섰고, 모든 조명이 과도하게 문형근을 비췄다.

"감사합니다. 정말 감사합니다. 아주 아름다운 밤입니다."

그렇게 문형근이 이런저런 이야기를 했지만 최은희의 귀에는 들리지 않았다.

"내 거야."

최은희가 조용히 뇌까린 말이 내 귀에 똑똑하게 들렸다.

"도둑놈."

그렇게 최은희가 중얼거릴 때 문형근은 런웨이를 빠져나가 무대 뒤로 사라졌고, 최은희가 자리에서 일어났다.

*   *   *

무대 뒤편.

최은희가 매섭게 교수인 문형근을 째려보고 있다.

"뭐지?"

문형근이 아무렇지도 않게 물었다.

"돌려주세요."

"뭘?"

"제 스케치요."

"무슨 소리지?"

"이번 패션쇼는 다 제 디자인으로 하신 거잖아요."

그제야 문형근의 표정이 살짝 굳었다. 하지만 이 순간 최은희가 서툴다는 생각이 들었다. 돌려 달란다고 돌려줄 거라면 이런 패션쇼도 하지 않았을 것이다.

'은희가 흥분했네.'

확실히 은희가 흥분한 것 같았다. 그에 반해 문형근은 냉정했다.

이 순간에는 어떤 방법으로도 은희는 문형근 저 개새끼를 이기지 못한다.

"누가 그래?"

"뭐라고요?"

"누가 네 디자인으로 패션쇼 했다고 하냐고?"

적반하장이다.

"표절이에요."

"나는 모티브를 땄을 뿐이야. 똑같지는 않잖아."

"똑같잖아요! 돌려주세요! 아니, 돌려놓으세요!"

최은희가 앙칼지게 소리를 지르자 패션쇼를 끝낸 모델 몇이 최은희와 문형근을 보면서 지나갔고, 문형근은 모델들을 보며 미소를 보냈다.

"오늘 아주 좋았어요."

"예, 교수님!"

"돌려 달라고요, 제 디자인!"

다시 한 번 최은희가 소리를 질렀고, 모델들이 최은희를 보며 좋은 상황이 아님을 깨닫고 급하게 자리를 빠져나갔다.

문형근은 소리를 지른 최은희를 노려봤다.

"어디서 건방지게 소리를 질러!"

"왜 제자의 작품을 훔치세요?!"

은희는 문형근의 윽박지름에도 전혀 움츠러들지 않고 맞섰다.

그 순간 문형근의 표정이 차갑게 변했다.

"세상 물정 참 모르네."

"뭐라고요?"

"팸플릿 안 봤나?"

"무슨 말씀이세요?"

"보고 이야기해."

문형근이 비릿하게 웃었다.

그러자 은희가 패션쇼 홍보 팸플릿을 봤고, 나도 조금 떨어진 곳에서 팸플릿을 봤다.

디자인 보조 최은희.

보조 디자인도 아니고 디자인 보조란다.

같은 말 같지만 완벽하게 다르다. 저 개새끼가 디자인할 때 커피만 타줘도 보조라고 할 수 있었다.

얄팍한 술수로 날로 먹으려는 것이다.

'하, 어이가 없네.'

저 문구 하나로 문형근이라는 작자가 우리 은희의 디자인을 날로 먹은 거였다.

"너한테도 스펙이 될 거야."

"싫어요! 제가 다 그린 디자인이에요! 실력이 없으면 노력을 하세요! 제자들 작품 훔치지 마시고요!"

그 순간 문근형의 손이 번쩍 올라갔다. 따귀를 때리려는 것 같다.

"이게 정말 미쳤나!"

"멈춰!"

문형근이 손을 휘두르는 순간, 내가 버럭 소리를 질렀다. 내 목소리에 놀란 문형근이 움찔하며 고개를 돌려 나를 봤다.

저벅저벅!

최대한 담대하게 문형근을 향해 다가갔다.

미래의 내 모습이었다면 다가가는 자체만으로 중압감을 느끼고 겁을 먹었을 것이다.

하지만 지금은 스무 살.

외형만으로 보면 평범한 대학생이다.

그렇다 해도 최대한 가볍게 보이진 말아야 했다.

"너는 뭐야?"

"이야기를 들으니 실수하신 것 같은데, 돌려놓으시죠."

일단은 점잖게 나가야 한다.

"실수?"

"아닙니까? 어른들도 실수할 때가 있죠."

매섭게 문형근을 노려봤다.

"누가 실수라고 생각할까? 아니, 더 솔직하게 누가 알지? 증거 있나?"

정말 이렇게 배 째라는 놈도 처음이다. 순간 문형근의 머리 위에 떠 있는 선악의 저울이 악 쪽으로 기울어졌다.

'선 12, 악 88!'

절대적인 악인이다. 그리고 선악의 저울 수치는 빠르게 한쪽으로 기울고 있었다.

8 : 92.

잠깐인데 악의 수치가 4가 더 올라갔다. 이미 이 정도의 수치라면 이런 일이 한두 번이 아니라는 의미이다.

"증거?"

"그래, 증거. 내가 저 계집애의 디자인을 가로챘다는 증거 있나? 증거가 있으면 가지고 오게. 그러면 깔끔하게 인정하지."

이 정도로 나온다는 것은 상습범이라는 말이다. 그리고 저놈이 노는 바닥도 썩었다는 생각이 들었다.

'스케치북이라고 말해도 소용이 없겠군.'

증거가 없으니 아니라고 우기면 된다. 아니, 그렇게 우기면 다 통하는 세상이다.

그것을 알기에 저렇게 나오는 것이다.

"스케치북이 있잖아요."

"없어. 그걸 내가 아직도 가지고 있겠어? 병신도 아니고."

순간 욱했다.

마음 같아서는 그대로 저 더러운 면상에 주먹을 날려주고 싶다. 하지만 그럼 저놈이 좋아하는 증거가 남을 것이고 불리해진다.

이 순간 형법 개론을 강의하시던 교수님의 말씀이 떠올랐다.

대한민국은 증거재판주의라고.

거꾸로 말하면 증거가 없다면 무슨 짓을 하더라도 죄가 아니라는 말이다.

그리고 그 의미는 저 개새끼에게만 적용되는 것이 아니었다.

"나쁜……."

최은희는 이 순간에도 차마 문형근에게 놈이라고 말하지 못했다.

"자꾸 이러면 학교생활 힘들어져. 아직 2년 남았잖아? 이렇게 나오면 졸업하기 힘들어."

이제는 협박이다. 아무리 전문대학이라 하더라도 교수는 학생에게 절대적인 우위에 있는 존재이다.

"협박하시는 겁니까?"

"아니, 이게 현실이라네."

내게 답한 문형근은 비릿한 미소를 지어 보였다.

"그리고 너는 나 때문에 이런 패션쇼에 이름을 올린 거야. 그게 너희 같은 년들이 좋아하는 스펙이라는 거잖아? 고마운 줄 알아야지!"

역반하장으로 나오는 문형근의 말에 최은희가 지그시 입술을 깨물었다.

"…돌려놓으시죠. 억지 부리지 마시고."

"나는 돌려놓을 것이 없다니까."

문형근의 말에 나는 문형근을 담담히 봤다.

"…반드시 후회할 겁니다."

이제는 그냥 둘 수가 없다. 그리고 그냥 넘어가지 않을 것이다. 이 순간 쌤이 내게 한 당부가 떠올랐다.

사람을 위한 사람이 돼라!

내가 그런 사람이 되기 위해서는 저런 쓰레기는 치워야 한다.

그리고 이 순간 검사가 되어야 할 이유가 명확해졌다.

항상 입버릇처럼 법보다는 주먹이라고 말했지만 법이라는 무기를 가져보고 싶다.

그리고 그 도구를 이용해 저런 쓰레기를 활활 태워 버리고 싶다. 이제는 막연하게 폼이 나서 검사가 되겠다는 생각은 버렸다.

나는 사람을 위하고 사람의 세상을 만들기 위해 검사가 될 것이다.

하지만 지금은 법보다 주먹일 것 같다.

'주먹!'

지그시 입술을 깨물어본다.

"뭐?"

"후회하실 때는 늦습니다."

"법대로 하라고, 법대로! 증거를 가지고 오란 말이야, 증거를!"

저런 쓰레기 같은 짓을 한 것들이 항상 저렇게 외친다.

법대로 해라!

그 말에 최은희가 주르륵 눈물을 흘렸다.

어떤 면에서 최은희는 가장 멍청한 방법으로 움직인 거라고 할 수 있었다.

친구가 용봉철 사건 때를 겪은 만큼 세상이 공정하지 않다는 것을 모르는 것도 아닐 텐데 너무 흥분한 것 같다.

그리고 이렇게 빨리 패션쇼가 열린 것은 최은희의 디자인이 그만큼 좋다는 것도 있지만, 완벽하게 조작을 하기 위해서 그런 면도 있었다.

또한 이 바닥에서 저놈이 가진 영향력이 상당하다는 의미일 것이다.

"법대로?"

"그래, 법대로 하라고! 증거가 있으면 표절이라고 고소해! 누가 너희같이 하찮은 것들의 손을 들어줄까? 어려서 모르겠지만 법도 가진 만큼 힘이 되지."

도리어 문형근이 우리를 훈계하듯 이죽거렸다.

'맞는 말이지.'

가진 자의 법이고 가진 자의 도구로 전락한 법이다.

"좋습니다. 그럼 이제부터는 제 방식대로 하죠."

"뭐, 네 방식?"

문형근은 어이가 없다는 듯 나를 봤다.

"어린놈의 새끼가 건방지게!"

툭툭!

문형근이 손으로 내 뺨을 툭툭 쳤다.

미래의 나였다면 바로 주먹이 날아갔을 것이다.

하지만 지금은 아니다.

"꺼져."

나도 모르게 주먹에 힘이 들어갔다.

"문 교수님!"

그때 무대 뒤편에서 남자 몇이 문형근을 부르며 다가왔다. 문형근을 보고 웃는 것을 보니 문형근과 가까운 사람들인 것 같다.

지금 주먹을 사용하면 바로 폭행죄로 연행될 것이다. 그러니 지금은 참아야 했다.

아마 저들이 나타나지 않았다면 혈기에 치명적인 실수를 할 뻔했다.

놈도 나도 운이 좋았다.

지금은.

'망할 새끼!'

"오, 박 과장! 고마워!"

"저희 회사가 고마운 일이죠. 이번 디자인은 정말 히트 칠 것 같습니다. 여름이면 난리가 날 것 같은데요."

"하하하! 인센티브가 몇 퍼센트라고 했지?"

마치 우리가 들으라는 듯 문형근이 말하고 있다.

"10퍼센트라고 말씀드렸는데요. 참, 치질은 좀 괜찮으십니까?"

마치 최은희 약 오르라고 물어본 것 같은 생각이 들었다.

"하하하! 하도 디자인 구상을 하다 보니… 어쩔 수 없는 직업병이지. 하하하!"

"그런데 저 학생들은 누굽니까?"

"제자야, 제자!"

얼굴이 철판인 놈이다.

디자인을 도용해 놓고 이렇게 뻔뻔하게 말하고 있다.

"가자."

내가 은희의 손을 잡고 말하자 최은희는 이 상황에서 그냥 가느냐는 눈빛으로 나를 봤다.

"가자. 나 알지? 내가 다 알아서 할게."

그 순간 은희의 눈빛이 반짝였다. 용봉철의 일이 떠오른 모양이다.

그때처럼은 아니겠지만 저 개새끼를 그냥 둘 수는 없었다.

"…응."

은희가 짧게 대답했고, 나는 문형근을 보며 미소를 보였다. 지금 이 순간, 어떤 깽판을 치더라도 해결할 방법이 없다.

그러니 물러설 때는 확실하게 물러서야 했다.

"교수님, 그럼 저희는 이만 가보겠습니다."

순간 내가 공손해지자 도리어 문형근의 표정이 살짝 변했다. 마치 저 새끼가 왜 저러냐는 눈빛이다.

"가! 차비 줄까?"

정말 철면피다.

이 순간에도 자상한 교수처럼 보이려는 놈이다.

"예, 많이 주세요."

준다는데 받아야겠다.

"어, 으응."

내 황당한 대답에 문형근이 지갑을 꺼내 10만 원짜리 수표 두 장을 꺼내 내밀었다. 나는 바로 받아 챙기고 한 번 더 꾸벅 인사한 뒤 돌아섰다.

'치질이라고 했지?'

나이를 똥구멍으로 처먹은 놈!

이제는 그 똥구멍으로도 아무것도 못 처먹게 해줄 테다.

그리고 이 순간 오늘 오전에 들은 형법 강의가 떠올랐다.

'넌 뒤졌어.'

문제는 어떻게 내 이 황당한 생각을 현실화하느냐는 것이다.

그리고 이 순간 머릿속에 조명득의 얼굴이 떠올랐다.

'혼자서는 힘들어.'

명득이가 필요할 것 같다.

우린 누가 뭐라고 해도 완벽한 파트너니까.

"바쁘냐?"

최은희를 달래고 옥상으로 올라와 조명득을 불러냈다.

"바쁘지. 머리가 터질 것 같다. 뭔데?"

"아무도 모르게 사고 한번 치자."

내 말에 조명득의 눈동자가 반짝였다.

"사고?"

보통 사고는 조명득이 쳤다. 하지만 이번만큼은 내가 칠 생각
이다.

"법대로 해! 증거를 가지고 오란 말이야!"

아직도 그 개새끼가 최은희에게 한 말이 내 귀에 생생하다.

법대로는 아무것도 안 된다.

법이 안 된다면 주먹이다. 그렇다고 해서 아무런 증거도 없이

다짜고짜 팰 수도 없다.

'처절하게 복수해 주겠어.'

바드득!

나도 모르게 어금니를 꽉 깨물었다.

쓰레기는 활활 태워 버려야 한다.

"그래, 사고!"

나는 조명득에게 자초지종을 설명했다.

"그거 완전 나이를 똥구멍으로 처먹었네?"

조명득도 나랑 똑같은 말을 했다.

"그러니까."

"생각해 둔 거 있어?"

조명득의 눈빛이 반짝인다. 이번 일을 놀이처럼 생각하는 것
같다.

"그 새끼, 치질이라네."

"치질?"

내 말을 들은 조명득이 손으로 똥침을 할 때의 자세를 취하며
장난기 가득한 눈이 됐다.

사실 똥침은 장난으로 많이 한다. 하지만 그건 결코 장난이
아니다.

항문은 치명적인 급소 중 하나니까.

"그렇지."

나 역시 씩 웃었다.

"그런데 너무 봐주는 거 아냐?"

"내가?"

"아니지. 그렇지. 너는 한번 시작하면 끝장을 보니까."

"그래, 시작을 했으니 끝장을 봐야지."

나도 모르게 눈동자에 살기를 담았다.

"무섭다."

조명득이 살기를 느낀 모양이다. 물론 용봉철처럼 죽일 생각은 없다.

그림 몇 장 훔쳤다고 사람을 죽일 수는 없었다.

"그럼?"

"나쁜 짓 못하게 해야지."

"뭐 할까?"

"우선 미행부터."

"야호! 재미있겠다."

*   *   *

디자인과 교수실.

문형근의 위세는 대단했다. 전문대라고 하지만 화장실이 딸린 교수실을 따로 쓰고 있을 정도였다.

"으으윽!"

문형근은 변기에 앉아 처절한 신음 소리를 토해내고 있었다.

"젠장! 이 치질만 없으면 소원이 없겠네."

문형근은 악성 치질에 시달리고 있었다. 그래서 화장실에 갈 때가 가장 고통스러웠다.

그래서 예전부터 고통을 줄이기 위해 비데를 쓰고 있었다.

"으으윽!"

변기 위에 앉으려고 허리를 숙이는 것만으로도 신음 소리가 흘러나왔다.

그 소리가 매우 처절했다.

"미치겠네. 망할 년 때문에 신경 써서 더 심해졌어. 망할 년!"

문형근은 힘을 주고 똥을 싸면서 최은희의 얼굴을 떠올렸다.

"내가 언젠가는 꼭 눌러주겠어. 흐흐으으윽!"

문형근은 음탕한 상상을 하곤 웃음을 지었다가 다시 신음 소리를 토해냈다.

*   *   *

최은희가 다니는 전문대 주차장.

조명득과 나는 3일 동안 문형근의 동선을 파악했다.

일을 시작할 때는 타깃의 동선을 파악하는 것이 최우선이다. 물론 내 기억 속에서 타깃의 동선을 파악하는 것은 폭력을 가하거나 납치를 계획할 때이다.

"여기는 왜 왔는데?"

조명득이 주차장을 두리번거리며 내게 물었다.

"그 새끼가 치질이 있다네."

"치질이 키워드네. 그런데 왜?"

"여기서 시작하려고."

"뭐 할 건데?"

"테러!"

나는 조명득을 보며 씩 웃었다. 처음은 장난처럼 시작할 참이다. 물론 당하는 문형근의 입장에서는 절대 장난이 아니겠지만 말이다.

3일 동안 문형근의 동선을 파악했고, 몇 가지 사실을 알아냈다.

놈은 마치 양파 같은 새끼다.

까면 깔수록 새로운 것이 나온다.

우선 놈이 마누라 몰래 젊은 여자와 바람을 피운다는 것이다.

그것도 한두 명이 아니었다.

놈은 조건 만남이나 스폰서 비슷한 짓을 하면서 젊은 여자들과 관계를 맺고 다녔는데, 그렇게 섹스를 밝히니 그 덩치에 치질이 걸리는 것도 당연해 보였다.

그런 짓을 하는 돈은 제자들 아이디어를 훔쳐서 벌고 있었는데, 완전히 나쁜 짓으로 배에 기름을 채운 놈이었다. 마음 같아서는 후한서의 동탁전에 나오는 동탁이 죽을 때처럼 배에 심지를 꽂아 불을 질러 버리고 싶다.

"테러?"

놈의 입장에서는 테러가 되겠지만 우리의 입장에서는 응징이다.

"일단 시작은 미약하게."

물론 당하는 입장에서는 절대 미약하지 않을 것이다.

나는 가방에서 30센티미터 정도 되는 쇠 자를 꺼냈다.

"뭐 하게?"

"이거면 못 여는 차 문이 없지."

나는 조명득을 보며 씩 웃었다.

물론 최신 자동차는 쇠 자로 창문을 열 수 없지만, 아직까진 쇠 자로 열리는 차가 많았다.

다행히도 문형근의 차 또한 쇠 자를 이용해 자동차 문을 열 수 있었다.

물론 미리 문형근의 차에 경보기가 설치되어 있는지, 블랙박스가 설치되어 있는지 확인했다.

없다.

하도 바람을 피우고 다니는 놈이라 블랙박스 자체가 마누라에게 들킬 수도 있는 증거가 될 수 있다고 생각했는지 설치하지 않았다.

틱!

"와!"

쇠 자로 내가 자동차 문을 열자 조명득의 입이 쩍 벌어졌다.

"이거 어떻게 한 건데?"

"잘하면 돼."

"이제 뭐 할 건데?"

"아무것도 안 해."

조명득에게 그렇게 말하고 가방에서 미리 준비해 놓은 컴퍼스를 꺼냈다.

사실 처음에는 못이 박힌 나무토막을 준비했다.

하지만 그건 의심을 받을 수 있었다.

자동차 시트에 쇠못이 박혔다는 것은 너무나 의도적으로 보이기 때문이다.

그러니 의상디자인과에서 많이 쓰는 컴퍼스를 이용하는 것이 제일 좋았다. 실수처럼 보일 테니까.

"뭐 하게?"

"이렇게 하는 거지."

나는 바로 컴퍼스를 끝을 휘어 굽히고 푹신한 방석 밑에 박았다.

"히히히! 치질이라며?"

"그러니 죽지."

푹신한 방석 뒤에 놓으니 눈으로는 표가 나지 않았다.

"으……! 아프겠다."

내 행동에 조명득도 상상이 되는 모양이다.

"니도 머리 좀 쓰네."

조명득이 신기한 듯 나를 봤다. 머리를 쓰는 것이 아니라 경험에서 나온 것이다.

조명득은 잊었을 것이다.

비슷하게 녀석이 내게 장난쳤다는 것을.

"…생각 안 나?"

"뭐?"

"학교 다닐 때 니가 애들 의자에 압정 몇 개 깔아놓고 장난치던 일."

조명득의 장난에서 모티브를 얻었다.

"아! 그거 죽음인데."

물론 압정 정도는 장난이다. 하지만 지금 내가 해놓은 것은 문형근에게 죽음에 가까운 고통을 선사하게 될 것이다.

"치질이니까."

"그 개새끼, 뭐 됐네."

조명득이 씩 웃었다.

"가자. 이제 시작이다."

나는 천천히 차 문을 닫았다.

"또 있어?"

"이게 시작이라니까."

안 하면 안 했지, 하려고 마음먹었으면 끝장을 본다.

나는 박동철이니까.

깡으로 살던 박동철.

그리고 앞으로도 깡으로 살 박동철이다.

아마 문형근이 학교에 계속 나오면 두고두고 최은희를 괴롭힐 것 같다.

그러니 어떻게든 당분간 학교에 못 나오게 만들어야 한다. 그리고 최은희에게 학교에 가서 문형근에게 사과하라고 했다.

내 말에 최은희는 한참이나 나를 쩨려봤다.

왜 그렇게 해야 하는지 이유를 설명해 주니 알았다는 듯 고개를 끄덕이긴 했지만.

'오늘부터다.'

"똥철이, 아주 날 잡았네."

"카메라는?"

조명득에게 카메라를 챙겨오라고 했다.

"니 설마 저번처럼……."

조명득에게 용봉철을 응징할 때의 일은 트라우마로 남은 것 같다. 저렇게 눈빛이 변하는 것을 보니 말이다.

"부부싸움 좀 일으켜야지."

간단하다.

남자를 협박할 때 가장 좋은 방법 중 하나가 치부를 찍어 증거를 확보하는 것이다.

보통은 간통 현장에서 상간녀와 간통하는 모습을 찍어 협박하는 것이 가장 잘 먹히지만 지금은 협박까지는 필요 없었다. 상간녀와 모텔이나 호텔로 들어가는 모습만 찍어서 문형근의 마누라에게 퀵으로 보내면 된다.

그럼 난리가 날 것이다. 아니, 이혼을 당할지도 모른다.

심지어 귀책 배우자가 될 것이고, 수입이 좋으니 꽤나 많이 뜯기게 될 것은 불을 보듯 뻔했다.

남자가, 그것도 중년의 남자가 이혼당하면 꼴이 형편없이 변한다.

님이라는 글자에 점 하나를 찍으면 남이 되는 세상이니까.

'끝장을 본다.'

그리고 덫은 여러 개를 파는 것이 좋다. 걸릴 확률이 높아지니까.

'아마 지금쯤 은희가 움직이고 있겠지.'

내 예상대로 착착 진행되면 오늘은 문형근의 삶에서 최악의 날로 기억될 거다.

＊　　　　　＊　　　　　＊

"교수님!"

교수실 앞 복도에서 교수실에서 나오는 문형근을 최은희가 기다리고 있다가 부르자 문형근이 도끼눈이 되어 최은희를 봤다.

"왜? 또 무슨 일이지?"

문형근이 인상을 찡그렸다. 최은희를 꼴도 보기 싫다는 눈빛이다.

그리고 그냥 두지 않겠다는 의미도 담겨 있다.

어디 간도 크게 학교에 왔느냐는 그런 의미도 있는 것 같다.

"저번에는……."

최은희가 말꼬리를 흐리며 저번이라고 말하자 문형근이 피식 웃었다.

"저번에 뭐? 멍청하게 저번 일을 또 따지겠다는 건가?"

문형근이 퉁명스럽게 최은희의 말을 자르며 되물었다.

"제가 잘못했어요, 교수님! 제가 아무것도 모르고……."

최은희가 문형근에게 잘못했다고 말하면서 손에 들고 있던 바나나 우유를 내밀었다.

"잘못한 건 알아?"

"…예. 교수님이 저 위해주시는 것도 모르고……."

"알면 됐어."

문형근이 씩 웃으며 최은희의 어깨를 툭툭 터치하더니 놈의 손이 최은희의 등 쪽으로 가서 브래지어가 있는 곳을 슬쩍 잡아당기며 최은희를 보고 씩 웃었다.

마치 간을 보는 것 같다. 물론 이 역시 성희롱이다. 그리고 문형근의 죄목이 하나 더 추가되는 순간이기도 했다.

"이거 드세요. 강의하시느라 목 아프실 것 같아서 준비했어요."

마음속에서는 자신의 몸에 벌레가 기어 다니는 것 같은 느낌을 받았지만 최은희는 참으며 웃었다.

박동철은 자신이 다 알아서 할 거니까 자신이 준 이 바나나 우유를 반드시 먹이라고 했다.

"하하하! 이제야 똑똑해졌네."

문형근이 야릇한 눈빛으로 최은희를 봤다. 사실 최은희는 오늘 학교에 올 때 평상시보다 옷을 더 야하게 입었다.

물론 이 역시 박동철이 지시한 것이다.

보통 남자는 여자의 야한 옷차림에 이성의 끈을 놓고 그와 동시에 아무런 의심도 하지 않는다는 것을 박동철은 잘 알고 있었다.

그리고 그런 일은 영화에서도 많이 봤다.

"드세요."

"나 바나나 우유 안 좋아하는데. 사실 흡수가 잘 안 돼."

"전 바나나 엄청 좋아해요."

최은희는 묘하게 말하며 혀로 입술을 핥고 시선을 슬쩍 문형근의 아랫도리로 향했다. 그리고 살짝 눈웃음 쳤다.

마치 여학생이 학점을 얻기 위해 교수에게 꼬리치는 것처럼 느껴지는 순간이다.

"바나나 좋아해?"

"예, 아주 좋아해요. 크면 더 좋고요. 먹을 것이 많잖아요."

속에서는 구역질이 났지만 어떻게든 꼭 문형근에게 바나나 우유를 먹이라고 했기에 유혹하듯 눈웃음을 치며 바나나 우유를 권하는 최은희였다.

"하하하! 제자가 주는데 안 마실 수도 없고."

문형근이 비릿하게 웃으며 최은희가 건넨 바나나 우유를 마셨다. 이 순간 문형근은 이 바나나 우유를 마시면 자신 앞에 야하게 입고 있는 최은희를 어떻게 할 수 있을 것 같다는 생각이 들었다.

아마 양잿물이라고 해도 마셨을 것이다.

"캬! 내가 먹어본 우유 중에 최고네. 역시 우유는 바나나지, 바나나! 하하하! 너도 큰 바나나가 좋지?"

이제는 대놓고 음담패설이다. 마치 너도 어쩔 수 없는 년이라는 눈빛으로 최은희를 보면서.

"호호호! 예, 교수님! 시원하시죠?"

"응. 오늘 저녁에 교수실에서 나 좀 도와줄래?"

"예?"

"스케치도 찾아가고. 세상이 다 그런 거야. 너도 최고가 되면 내 마음을 이해하게 될 거야. 내가 최고로 만들어줄게. 어때?"

없다던 스케치북 이야기를 먼저 꺼내며 다시 한 번 문형근이 최은희를 보며 야릇하게 웃었다.

"예, 교수님."

"그리고 리포트는 신경 쓰지 마. A에 뿔 하나 달아줄 테니까. 무슨 말인지 알지?"

최은희가 완전히 넘어왔다고 생각했는지 이제는 대놓고 더러운 거래를 시도하는 문형근이다.

"예, 교수님. 호호호!"

최은희는 박동철의 지시대로 문형근을 보며 웃었다. 그런데 놀라운 것은 그 미소가 가식적이지 않다는 것이다.

속으로는 죽일 것처럼 미울 텐데 말이다.

여자의 소리장도는 이렇게 무서운 것이다.

"말만 잘 들으면… 아주 좋은 회사에 취직도 시켜줄게."

"어머! 정말요? 호호!"

최은희는 속이 뒤집어지지만 박동철이 시킨 대로 했다.

'개새끼!'

하지만 속으로는 문형근을 욕했다. 지금 이 순간만 참으면 박동철이 알아서 복수해 주겠다고 약속했기에 최은희는 문형근을 보며 미소를 보였다.

"그럼 기대하고 있을게요, 교수님."

"그렇지. 요즘 애들은 머리가 빨리 돌아간다니까. 하하하!"

*　　　　*　　　　*

전문대 강의실.

문형근은 디자인에 대해 강의하면서 아무 일도 없었다는 듯 학교에 나온 최은희를 보며 미소를 보였다.

'역시 얼굴값을 한다니까. 흐흐흐!'

문형근은 야릇한 상상을 하고 있었다. 말하는 투도 그렇고 눈빛도 그랬으니까.

'재미있겠어. 내가 본 것 중에 가장 탑이야, 탑!'

꾸르륵~ 꾸르륵~

그때 문형근의 배에서 요동을 쳤다.

당연한 일이었다.

박동철이 최은희에게 준 바나나 우유에는 주사기를 통해 설사약을 주입해 놓았고, 한 시간 정도 지난 지금 반응이 오고 있는 것이다.

"저번에… 으음……."

꾸르륵!

다시 한 번 문형근의 배가 요동쳤다. 설사약을 꽤 많이 먹었으니 지금 당장 싸도 이상할 것이 없었다.

"이번 기말고사는 리포터로 대체한다. 가을에 적합한 디자인을 제출하도록. 이, 이상!"

꾸르륵!

배에서 꾸르륵 소리가 났고, 문형근은 참을 수 없는 고통이 느껴져 강의 종료 인사도 받지 않고 황급하게 강의실을 빠져나갔다.

최은희는 그런 문형근을 보며 차가운 미소를 보였다.

*　　　　　*　　　　　*

2층 화장실 안.

"정말 그 새끼가 여기로 올까?"

조명득이 화장실 칸막이를 타고 넘으며 내게 물었다. 한 곳을 제외하곤 모든 칸을 잠가놓았기에 타고 넘어올 수밖에 없었다.

"여기로 온다."

"아니, 그걸 어떻게 아느냐고?"

"올 수밖에 없거든. 바지에 똥을 싸기 싫으면."

강의실에서 문형근의 교수실까지의 거리는 복도 끝에서 끝이다. 거기다가 강의실은 1층이고 놈의 교수실은 3층이다. 그래서 걸어서 5분 정도가 걸린다.

절대 이 화장실을 그냥 넘길 수 없을 것이다.

약을 탄 바나나 우유를 먹었으니 말이다.

"뭐?"

"우유에 약 탔다. 강한 걸로 넣었지."

내 말에 조명득이 멍한 표정을 지었다.

약사의 말대로라면 한 알만 먹어도 질질 싼단다.

그런 약을 네 알이나 가루로 만들어 주사기로 바나나 우유에 넣었다.

"…날 잡았네."

사실 이것도 협박할 때 사용하던 방법이다.

"다른 칸은 다 안에서 잠갔지?"

"뭐 할라고?"

내가 가방에서 투명 랩을 꺼내자 조명득이 어이가 없다는 표정을 지었다.

"니, 이랄라고 다른 칸 잠그라 캤나?"

"응. 재미있겠지?"

"야~ 니도 한 머리 하네."

"올지 모르니까 망이나 잘 봐라."

"알았다. 정말 재미있겠다. 히히히! 똥 싸고 피똥 싸고 아주 끝 장나는 날이네."

조명득은 망을 봤고, 나는 가지고 온 랩으로 변기 위를 감싸고 커버를 조심스럽게 내렸다.

"아주 똥칠을 해라."

이게 1단계다.

그리고 자동차가 2단계다.

이렇게 당하면 앞으로 문형근은 하늘이 두 쪽이 나도 집이 아니면 교수실 화장실에서만 똥을 쌀 것이다. 그리고 마지막 3단계를 실행하면 된다.

그리고 마지막 3단계를 실행하기 위해서는 문형근이 며칠 학교에 나오면 안 된다.

그러기 위해서 2단계를 꾸며놓은 것이고.

'망할 새끼! 어디서 갑질이야!'

*   *   *

"으으, 괜히 먹었어. 역시 우유는 흡수가 안 되네."

문형근은 엉거주춤한 자세로 마치 화장실을 사막에서 만난 오아시스처럼 보며 걸어오고 있었다. 모든 준비는 끝났고, 우린 화장실이 보이는 복도 모퉁이에 숨어 문형근이 화장실로 들어가는 모습을 보며 씩 웃었다.

꾸르륵!

"아흐, 미치겠네."

꾸르륵!

"안, 안 되겠······."

문형근이 참을 수 없겠는지 화장실로 들어갔다.

"됐다."

"실패하지 않을까?"

"너 똥 급할 때 이것저것 확인해?"

"···안 하지."

조명득이 씩 웃었다.

＊   ＊   ＊

화장실 안.

"시발! 왜 잠긴 거야?"

문형근이 화장실 문 손잡이를 잡고 흔들었다. 물론 문은 잠겨 있고 앞에는 A4 용지로 고장이라는 문구가 붙어 있다.

"등록금으로 딴 데 쓰지 말고 화장실이나 좀 잘 고치지. 씨발!"

문형근은 급하게 다른 쪽 화장실로 향했다. 하지만 그쪽도 잠겨 있다.

꾸르륵!

"크, 크윽! 미, 미치겠네. 으윽!"

문형근은 기듯 겨우 움직여 간신히 다른 칸 화장실 문고리를 잡고 밀었다.

이번에는 다행히도 문이 열렸다.

"흐, 흐윽!"

문형근은 인상을 잔뜩 찡그린 채 안으로 들어가 문을 잠그고
는 바지를 내렸다.

그에 맞춰서 나와 조명득이 화장실로 들어왔다.

'왜?'

조명득이 왜 여기에 왔느냐고 내게 입모양으로 물었다.

'기다려 보면 알아.'

물론 나 역시 입모양만으로 조명득에게 말했고, 조명득은 그
저 이 순간이 흥미진진하다는 눈빛이다.

"으, 크흣!"

그때 화장실 안에서 문형근의 신음 소리가 들렸다.

부지직! 뿌지직! 빠지직!

그리고 폭풍 설사가 이어졌다.

＊　　　　　　＊　　　　　　＊

화장실 변기 칸 안.

부지직! 뿌지직! 푸다다닥!

폭풍 설사가 시작됐다.

그리고 그 순간 문형근은 드디어 급한 볼일을 해결했다는 안
도감을 느끼기는커녕 오히려 표정이 굳었다.

"이, 이게… 이게 뭐야앗!"

문형근이 버럭 소리를 질렀다. 하지만 이미 투명 랩 때문에 변기 안으로 들어가지 못한 설사는 변기를 타고 흘러 문형근의 바지를 흥건하게 적시고 있었다.

"시발! 어떤 새끼가 장난을 친 거야!"

1단계 작전이 성공했다. 이미 설사는 바지를 적시고 바닥으로 흐르고 있었다. 워낙 약효가 탁월해서 그런지 숙변까지 다 쏟아 내고 있었다.

"아, 미치겠네."

이제는 울상으로 변한 문형근이다.

"씨, 시발……."

문형근의 표정이 굳어졌다. 황당하다고 해야 하나, 당황스럽다고 해야 하나? 하여튼 어떻게 해야 할지 답이 나오지 않는 상황이었다.

"어쩌지……."

이 순간 문형근의 바지는 설사로 가득했고, 일어서지도, 그렇다고 앉아 있을 수도 없었다.

그렇다고 해서 이 순간 핸드폰으로 누구한테 바지를 가져다 달라고 할 수도 없는 노릇이다.

교수 체면이 있었다.

그래서 학교 관계자에게 부탁할 수도 없었다.

물론 그렇다고 해서 이대로 있을 수도 없는 상황이다.

"미치겠네. 일단 마누라한테……."

문형근은 마누라를 떠올렸지만 씨도 안 먹힐 것 같았다. 그리고 똥을 쌌다는 것을 말하고 싶지도 않았다.

그때 번뜩 스폰을 해주고 있는 여자가 떠올랐다.

돈만 주면 뭐든지 하는 여자.

그런 여자가 마누라보다 더 편한 문형근이었다.

"쪽팔리지만……."

따르릉! 따르릉!

"가방 하나 사주지, 뭐. 에이, 젠장! 어떤 개새끼가 이런 장난을 친 거야?"

이 순간에도 문형근은 학생들의 장난이라고 생각했다.

딸칵!

―오빵~ 무슨 일 이쪄?

전화를 받은 여자의 목소리가 아주 젊어 보인다. 그런데 오빠란다.

혀도 굴릴 대로 굴려 애교까지 떨면서.

"너, 바빠?"

―왜?

"학교로 좀 와라."

―오빠 학교엔 왜?

"바로 올 수 있지?"

슬슬 다리가 저려오고 코가 썩는 것 같은 느낌이 드는 문형근이었다.

―오빠가 오라면 가야지.

"내가 빌라에서 입던 바지 좀 가지고 와."

―왜?

여자가 황당하다는 듯 물었다.

"그냥 가지고 오라면 와!"

문형근이 버럭 소리를 질렀다.

＊　　　　　＊　　　　　＊

툭툭!

'지금이다. 가자.'

나는 조용히 조명득의 어깨를 두드렸다.

'응.'

물론 아직 음소거 모드다.

그렇게 나와 조명득은 화장실 밖으로 나왔다.

"사진 몇 장 나오겠다. 똥칠을 했으니 씻어야 하니까."

"그럴 것 같네. 그런데 왜 마누라한테 전화 안 하고 다른 여자한테 하지?"

"쪽팔리니까."

아마도 문형근은 집에서 아주 도덕적이고 근엄한 가장 행세를 하고 있을지도 모른다는 생각이 들었다.

밖에서 개처럼 구는 것들은 다들 그렇게 집에서는 성인군자 놀이를 한다.

하지만 여자는 육감이라는 것이 있다. 자기 남자가 밖에서 뻘짓을 하는지 안 하는지 감으로 안다.

단지 증거가 없어서 아무 말도 안 하는 것이다.

그러니 사진 몇 장이면 이혼을 시킬 수 있을지도 모른다.

'남자가 이혼당하면 추해지지.'

당해본 놈만 안다.

그리고 그런 생각이 뇌리에 스치자 나도 모르게 인상이 구겨졌다.

'나쁜 기억은 기억 자체를 잊어.'

내게도 나쁜 기억이 있다. 이미 한 번 떠올려 버렸다.

"그럼 2단계만 잘되면… 흐흐흐!"

"사진 몇 장 뽑고 병원 가시는 거지."

"너는 한번 움직이면 이렇게 끝장을 보네."

"당연하지. 어설프게 건드리면 덤비거든."

물론 이 생각도 조폭일 때 경험으로 터득한 것이다.

대충 때리면 신고도 하고 반항도 한다.

그러니 조질 때는 확실하게 조져야 찍소리도 못한다.

겁을 먹게 하는 것이 아니라 더 이상 반항할 생각을 못하게 공포심을 줘야 했다.

그래야 뒤탈이 없었다.

*   *   *

"여긴가?"

한 시간 정도가 지나자 딱 봐도 싸게 보이지만 몸매 좋은 젊은 여자 하나가 거의 헐벗은 수준으로 2층 화장실 앞으로 오더니 전화를 걸었다.

따르릉~ 따르릉~

"저 여자 같대이. 엄청 예쁘네. 저렇게 예쁘고 어린 여자가 와

늙다리랑……."

"스폰을 받는 거겠지."

"스폰?"

아직까지 스폰이라는 말이 대중적으로 퍼지지 않은 상태였다. 조명득이 모르는 것을 보니 그렇다.

"남자는 여자한테 돈을 주고 여자는……."

내 말에 조명득이 씩 웃었다.

"몸을 주고?"

"그런 거지. 쩝!"

우리는 여전히 화장실 모퉁이에서 기다리고 있었다.

─왔어?

"화장실 앞이야. 그런데 오빠 어디에 있는데?"

─화장실로 어서 들어와.

지금까지는 다른 사람들이 화장실을 이용하지 않았다. 고장이라고 밖에 대문짝만 하게 써 붙여놓았기 때문이다.

"남자 화장실인데?"

─그냥 들어와. 시발! 어서 들어와.

저 여자는 우리를 모르기에 은근슬쩍 여자 옆으로 가서 문형근과의 통화를 엿들었다.

"왜 소리를 질러요?"

─가방 사줄게. 바지 가지고 왔지?

"호호호! 알았어요. 괜히 화장실에서 이상한 짓……."

뒷말을 하려다가 옆에서 딴 짓을 하고 있는 우리를 의식했는지 말꼬리를 흐렸다.

그리고 바로 화장실로 여자가 들어갔다.

"어머나! 이게 무슨 일이야, 오빠?"

화장실로 들어간 여자가 바로 비명에 가까운 소리를 질렀다.

"조용히 좀 해!"

"바지가 왜 그래요? 바지에 똥 쌌어요?"

문형근은 혹시나 누가 들어올지도 모른다는 생각에 바지도 벗지 못하고 있는 모양이다.

"조용히 좀 하라고. 바지 가지고 왔어?"

"여기요. 아우, 냄새."

"문 좀 안에서 잠가. 대충이라도 씻어야지. 젠장! 어떤 새끼가 장난쳤는지 찾아내서 가만두지 않겠어. 망할 놈의 새끼들! 공부 못해서 전문대에 왔으면 정신을 차리고 공부나 할 것이지. 이 망할 새끼! 그냥 안 두겠어."

찾을 방법도 없으면서 가만두지 않겠다고 다짐하고 있는 문형근이다.

"아휴~ 냄새가……."

"싫어?"

"그게 아니고요."

"문 확실히 잠갔어?"

"…예."

쫘아아악!

"아오, 씨! 물은 또 왜 이렇게 차가워! 이사장 새끼는 돈 벌어서 어디에다 처박는 거야?"

짜증에 짜증을 더하고 있는 문형근이었다. 그리고 어느 순간 조용해졌다.

"왜 이래요? 들키면 어쩌려고?"

"가만히 있어. 가방 아주 비싼 걸로 사줄게."

*   *   *

"저것들, 안에서 뭐 하나 보다."

조명득이 호기심 가득한 눈으로 내게 말했다.

"아아아~"

방귀를 뀌면 똥이 나오는 법이다. 문형근은 바지를 벗었을 것이고, 여자에게 아랫도리를 보였으니 여자도 벗길 생각인 것이다.

문도 안에서 잠갔으니까.

"똥철아."

그때 요상한 소리와 함께 조명득이 나를 불렀다.

"왜?"

"저거 완전히 또라이다. 저 상황에서 저러고 싶나?"

원래 자극은 스릴이 있는 곳에서 더 짜릿한 법이다.

"아아아~ 아아앙~"

여자 신음 소리는 문밖에 있는 내 귀에도 들릴 정도로 컸다.

"완전 개새끼네, 개새끼!"

저런 상황에 저 짓을 할 수 있다는 자체가 놀랍다.

"그냥 여기서 찍을까?"

"안에서 잠근 것 같은데?"

"쇠 자 있잖아. 차 문도 열었으면서."

"쉿!"

조명득이 화장실에서 떡 치는 모습을 보고 싶은 모양이다.

"열어줄까?"

내 말에 조명득의 눈동자가 초롱초롱해졌다.

"응. 생비디오잖아."

"그럼 여기서 찍자."

우리한테는 좋은 상황이다. 확실한 장면을 찍을 수 있으니까.

변태로 몰 수도 있었다.

철컥!

쇠 자로 몇 번 움직이니 안에서 잠근 화장실 문이 열렸다.

"모자 눌러쓰고."

찍으려면 제대로 찍어야 한다.

"당연하지. 마스크도 쓰고. 그래야 얼굴이 안 보이지."

정말 조명득과 나는 척척 죽이 잘 맞았다.

"아아아~ 아아아~"

여자의 신음 소리가 끊이지 않는다.

역시 문형근은 변태 사이코였다.

그러니 아무 죄책감 없이 제자들의 아이디어를 대놓고 훔칠 수 있고, 화장실에서 저런 추잡한 짓도 할 수 있는 것이다.

그리고 죄책감 자체가 없고 자신의 죄가 공론화되지 않는다는 것을 잘 아는 교활한 놈이었다.

그러니 응징해야 했다. 더는 치졸한 짓을 하지 못하게.

다신 저 더러운 손길에 피해자가 나오지 않게 해야 했다.

"그럼… 간다!"

조명득이 바로 문을 벌컥 열었다.

"김치~"

안으로 뛰어 들어간 조명득이 이 상황에 김치를 외쳤다. 그리고 그 외침에 두 연놈은 정지 화면처럼 그 상태로 굳어버렸다.

찰칵! 찰칵! 찰칵!

순간 화장실에서 변태 짓을 하고 있던 문형근과 여자는 화장실로 난입한 조명득을 보며 시간이 멈춘 듯 관계하던 자세 그대로 굳은 채 멍한 표정을 지었다.

"베리~ 베리 굿!"

찰칵! 찰칵!

조명득은 그 상태로 몇 장의 사진을 더 찍고 급하게 화장실을 나왔다.

"튀자!"

"문 잠갔다면서! 시발!"

절망에 가까운 문형근의 외침이 복도에 울려 퍼졌다.

타다닥! 타다닷!

우린 급하게 복도를 뛰었다. 물론 바지와 치마를 벗은 두 연놈이 우리를 바로 쫓아올 수는 없을 것이다.

"히히히! 졸라 재밌네. 히히히! 그런데 이 사진, 이제 어떻게 할 기고?"

원래의 계획은 문형근의 마누라한테 보내는 거였다.

하지만 공짜로 줄 수는 없다는 생각이 들었다.

'도둑맞은 디자인 값은 받아야겠네.'

나는 절대 정의롭지 않았다. 단지 오지랖이 넓을 뿐이다.

그리고 최소한 상식적이다.

"은희 디자인 값은 받아야지. 그렇지, 동철아?"

"당근 빠따지."

*　　　　　　*　　　　　　*

디자인과 강의실이 있는 건물 옥상.

여자도 왔고 문형근의 입장에서는 황당한 꼴도 당했으니 아마 학교 밖으로 나갈 것 같다.

"어떻게 됐어?"

수업이 끝난 최은희에게 옥상으로 올라오라고 했다.

"1단계는 잘 끝났어."

"뭐?"

"아주 바지에 똥 싸고 난리가 났었다."

"그게 다야? 나 이렇게 입혀서 겨우 똥 싸는 걸로 끝이야?"

최은희의 분노는 내가 생각한 것 이상인 것 같았다.

"아니, 이제 시작이야."

"믿어도 되지?"

"응."

"내가 3년 동안 그린 스케치야."

"다 받아줄게."

"뭐?"

최은희가 영문을 몰라 나를 봤다.

"잘하면 우리 이사 갈 수도 있겠다."

조명득이 까불거렸다.

"그런 것이 있어."

최은희에게 보여줄 사진은 아닌 것 같았다.

딸칵!

그때 조명득이 기다리기 심심했는지 주머니에서 담배를 꺼내 불을 붙였다.

"줄까?"

나도 모르게 본능적으로 최은희를 봤다.

"…끊었어."

"그렇지. 은희 님이 계시지."

"정말 끊었다고!"

가장 담배가 당길 때가 옆에서 담배를 피우고 있을 때다.

"나왔다!"

담배를 피우느라 난간 쪽으로 움직인 조명득이 건물 밖으로 씩씩거리며 나오는 문형근과 조금 떨어져 뒤에서 조심스레 문형근을 따라 나오는 여자를 발견하곤 말했다.

"휴우~"

조명득이 담배 연기를 길게 뿜어내며 최은희를 보며 씩 웃었다.

"2단계~ 개봉박두!"

"뭐?"

"아까는 똥을 쌌으니 이제는 피똥을 싸게 될 기다. 흐흐흐!"

"…도대체 무슨 소리를 하는지 모르겠네."

"아마 1~2주 정도는 학교 못 나올 거야."

주차장으로 향하는 문형근을 보며 내가 말했다.

*   *   *

주차장에 세워놓은 문형근의 자동차 앞.

"젠장! 도대체 왜 이러는 거야?"

"어떻게 해요? 찍은 사진으로 협박이라도 하면?"

여자가 주위를 살피며 문형근에게 말했다.

"너는 상관없잖아."

"뭐라고요?"

여자가 어이가 없다는 듯 문형근을 봤다.

"추락할 권위도 없고 체면도… 됐다. 어떤 놈이든 돈이 목적이면 곧 연락하겠지."

문형근은 그렇게 말하고는 인상을 찡그렸다. 협박을 해온다면 돈으로 해결하면 될 것이다.

"…저, 다 찍혔어요."

"나는 안 찍혔어?"

문형근이 자동차 문을 열었다.

"타! 시발! 기분도 더러운데 외곽으로 가자."

"가서요?"

"몰라서 물어? 스트레스 풀어야지."

그렇게 당하고도 그 짓을 더 하고 싶은 모양이다.

"…예."

"에이, 시발! 돈 엄청 깨지겠네."

문형근은 만약 찍은 사진으로 협박을 해온다면 돈으로 해결해야겠다고 생각하며 급하게 운전석에 앉았다.

수욱!

"아아악!"

순간 거친 비명이 주차장에 울려 퍼졌다.

"왜, 왜 그래요?"

"끄으윽!"

오늘 문형근은 날 잡았다.

1단계로 화장실에서 똥을 싸고, 2단계로는 똥구멍이 찢어졌으니까.

"으으윽……."

"괘, 괜찮아요?"

여자는 여전히 영문을 몰라 당황해하며 그저 비명을 지르고 있는 문형근에게 묻기만 했다.

"어어어… 어어엄마아."

쿵!

빠아아앙!

문형근이 고통에 겨워하며 그대로 기절했다.

악인이든 선인이든 가장 위태로운 순간 엄마를 찾는 것은 본능이었다.

제7장
뉘우칠 줄 모르는 자에게는
용서가 없다

문형근의 거친 비명이 옥상 위까지 울려 퍼졌다.

"아아악!"

얼마나 처절한 고통을 느꼈으면 옥상 위에 있는 우리의 귀에까지 들릴 정도로 쩌렁쩌렁 울렸다.

그리고 그 고통이 상상이 됐고 나도, 조명득도 본능적으로 인상을 찡그리며 몸을 부르르 떨었다.

죽음에 비유할 만한 고통일 것 같다.

손가락으로 하는 똥침도 제대로 찔리면 죽음이니까.

"어, 어떻게 한 거야?"

최은희의 눈이 커졌다.

"아직 2단계라고 했잖아."

빠아아앙~

요란한 경적이 울렸고, 그 경적을 듣고 학생들이 모여들기 시작했다.

"똥꼬 지대로 찔렸겠다. 으으으! 정말 저거 죽음일 것 같다."

"우선 분풀이 정도는 했네."

나는 여전히 울리는 경적을 들으며 인상을 찡그렸다.

나는 지금 증거가 없는 또 하나의 범죄를 저지른 것이다. 이건 절대 부정할 수 없었다.

하지만 법에 저놈을 맡기기에는 대한민국의 법은 물러터지고 허점도 많았다.

그러니 지금의 행동은 악인에 대한 처벌이라고 말할 수는 없을 것 같았다.

그냥 복수다.

내 여자가 당한 것에 대한 복수.

아마 이 순간 거울을 본다면 저울의 무게 추는 악으로 기울어져 있을 것이다.

응징은 응징이고 죄는 죄니까.

하지만 법으로 안 된다면 주먹이다. 그리고 아직 내 주먹은 끝까지 뻗지 않았다.

"똥꼬가 찢어져?"

"응. 그런데 은희야."

"왜?"

은희도 이런 일이 일어날 것을 예상하지 못해 당황해 멍해 있다.

"아직 3단계 남았다."

"뭐?"

"우린 마음먹으면 제대로 한다. 우리는 환상의 콤비거든."

분명한 것은 아직 끝났다고 생각하면 오산이다. 이제 고작 2단계가 끝났을 뿐이다.

*   *   *

문형근은 그 상태로 119를 타고 병원으로 실려 갔고, 하루가 지났다.

"되겠어?"

내 물음에 조명득이 담배만 피우고 있다.

"안 될 것은 없는데. 이론상으로는."

녀석이 담배를 저렇게 피우고 있는 것은 쉽지 않다는 뜻이다.

"좀 그렇기는 하지?"

"참 너도 이럴 때 보면 엉뚱하다."

"안 되겠지?"

"니가 그린 그림대로라면 정말 그 개새끼는 아웃이다."

"그러니까."

문형근의 입장에서는 똥구멍이 난리가 났겠지만 1주에서 2주 정도 치료를 받으면 완치될 것이다.

그 이후에는 다시 학교로 와서 갑질을 하게 될 것이 분명했다.

그리고 최은희는 2년 동안 그 갑질을 당하고 살아야 한다. 그러니 끝장을 보려면 지금 봐야 했다.

"…3일만 시간을 주라."

"3일이면 되겠어?"

"되게 해야지."

"너만 믿는다."

"휴우! 될지 모르겠네. 실험이 좀 필요할 것 같다."

"되어야 한다."

"되긴 된다."

"그런데 명득아."

"와?"

"담배…….."

명득이에게 담배라고 말하고 슬쩍 쪼갰다.

"은희, 아직 학교에서 안 왔나?"

"응."

"참 니도 딱하다. 여기."

명득이 내게 담배를 건넸다.

"이거 정말 끊기는 끊어야 하는데…….,"

"새끼, 의지가 그렇게 약해서 니는 절대 못 끊는다."

사실 나도 못 끊을 것 같다.

따지고 보면 담배는 마약이다. 어떤 면에서는 대마초보다 더 중독성이 강하다. 정말 나라가 국민의 건강을 생각한다면 담배도 마약류로 분류해야 옳을 것 같다. 하지만 그럴 일은 결코 없을 것이다.

세금 때문에 그렇게는 못한다.

"휴우~"

은희 몰래 피우는 담배는 꿀맛이었다.

"이론상으로는 가능한데……"

"그 개새끼가 학교에 돌아오기 전까지 끝내야 한다."

"알았다고."

조명득은 천재다. 그러니 어떻게든 방법을 모색해낼 것이다.

"그건 그렇고, 사진은 어떻게 할 기고?"

"가장 적절한 타이밍에."

응징은 응징이고 받을 것은 받아야 한다.

"지금도 생활비가 간당간당한데……"

지금 당장 집에서 보내주는 돈으로는 생활이 안 된다.

그리고 사실 우리 집에서는 돈이 올라오지 않고 있었다. 우리 넷이 쓰는 생활비는 거의 조명득과 은희의 집에서 보내주는 돈으로 충당하고 있었다.

"아르바이트라도 해야지."

"뭐를 할라고?"

"벽돌이라도 날라야지."

사실 6월 월드컵까지는 아직 두 달 정도가 남았다. 그때가 되면 우리 형편도 쫙 풀린다.

하지만 그때까지 호구지책이 필요했다.

"정말 공사장 갈라고?"

"별수 있냐?"

"과외 먹튀는 어때?"

"그건 양심에 찔려서."

내 말에 조명득이 어이가 없다는 눈으로 나를 봤다.

"내 이럴 줄 알았다. 내가 그래서 컴퓨터 샀다."

조명득이 뜬금없는 소리를 했다.

"생활비도 없다면서?"

"벌어야 생활비가 나오지."

"컴퓨터로 뭐 하게?"

"니 원게임이라고 아나?"

"원게임? 고스톱? 포커?"

"그렇지."

원게임 포커와 고스톱은 국민적인 게임이다.

그리고 순간 조명득이 무슨 일을 하려는지 감이 왔다. 하지만 아는 척을 하면 안 될 것 같았다.

"어떻게 하려고?"

나는 짐작하면서 조명득한테 물었다.

"시발, 사기 치는 새끼들을 엮어야지."

"무슨 소리냐?"

사실 2002년도까지 사행성 게임 머니 거래는 불법이 아니었다. 조명득은 그걸로 돈을 벌 생각을 하고 있는 것 같았다.

"포커머니 100조에 50만 원이다."

나도 알지만 이럴 때는 놀라는 척해야 한다.

"정말?"

"그래. 흐흐흐!"

"그런데?"

"따서 생활비를 마련해야지."

"포커를 한다고?"

"해야지."

"잃을 수도 있잖아."

"내가 말했지? 내 아이큐가 154라고. 따라와."

조명득은 담배를 입에 문 상태로 방으로 들어갔다.

"방에서 담배 피워도 돼?"

"내가 닌 줄 아냐? 남자가 여자한테 꽉 잡혀서는… 쯧!"

요즘 명득이가 나보다 팔자가 좋다.

'어쩌려고 저러지?'

내 기억으로는 명득이가 말한 사기를 치는 놈들이라는 것은 아이피를 따로 두고 게임 속에서 따로 방을 만들어놓고 한 방에 모여 짜고 포커를 치는 놈들을 말하는 것이 분명했다.

하지만 확률적으로 3 대 1이나 4 대 1의 승부나 마찬가지라서 이길 확률보다 질 확률이 높았다.

그런데 조명득은 사기 치는 놈들을 잡겠다고 한다.

"따서 실험을 위해 그것도 사야겠다."

"딸 수 있겠나?"

원게임~

조명득이 클릭하자 원게임 로고가 떴다.

"못 따면 빙시지."

조명득은 나를 보며 씩 웃고 원게임 창을 내리더니 컴퓨터 바탕화면에 깔려 있는 폴더 하나를 열고 파일 하나를 더블 클릭했다.

"뭔데?"

"내가 만들었다."

"뭘?"

"사기꾼 잡는 신의 눈!"

조명득이 씩 웃고 원게임 창을 열었다.

"벌써 100조나 있네?"

"샀다."

"포커머니를 샀다고?"

"샀다. 5번 방이 사기꾼 새끼들이다."

조명득은 내게 말하고 바로 5번방으로 입장했다.

마산 킹카님이 입장하셨습니다.

—하이!

—어서 오세요~

조명득이 입장을 하자 대기하고 있던 놈들이 채팅으로 인사를 했다.

"저거 다 먹으면 150만 원 넘겠다."

"딸 수 있나?"

조명득의 말대로라면 4 대 1의 대결이다. 조명득 빼고 다 같은 편이고, 사기꾼이라면 짜고 치는 놈들이다.

"못 따면 빙시라고."

조명득은 자신만만했다.

"내가 이 프로그램 만들라고 4일 동안 날밤을 깠다."

놀랍다.

그리고 조명득이 과거, 쌤의 컴퓨터를 만지작거렸던 기억이 떠올랐다. 조명득이 컴퓨터를 좀 한다는 것은 알았는데 이 정도인지는 몰랐다. 조명득의 한계가 어디까지인지 궁금했다.

그리고 조명득이 왜 양아치 짓을 하고 살았는지도 궁금해졌다.

천재와 사이코는 동의어일 수 있다는 생각이 들었다. 그리고 고등학교에 다닐 때 조명득이 내게 한 말이 떠올랐다.

자신을 잡고 있는 브레이크가 나라고.

그리고 미선이라고.

'맞아!'

내 기억 속에도 원게임과 함께 구동시키는 악성 프로그램이 있다는 뉴스를 봤다. 남의 패를 보고 베팅해서 돈을 땄다는 뉴스였다.

그런데 놀랍게 그런 프로그램을 내 친구가 만들었다니 놀라울 따름이다.

'이 프로그램이 악용되면……'

여럿이 패가망신한다. 그리고 만약 이 상황에서 이런 프로그램을 만들었다는 것을 조폭들이 알게 되면 조명득은 표적이 될 것이 분명했다.

누가 뭐라고 해도 돈이 되는 프로그램이니까. 그리고 이 당시에는 꽤 많은 게임 머니가 현금화되고 있었다.

게임머니 100조에 50만 원의 가치를 가지고 있었고, 한국 사람은 도박과 게임에 미쳐 있었다.

그래서 사행성 게임 아이템 거래가 금지된 것이다.

'그렇게 되려면 아직 몇 년 남았지.'

사행성 게임 거래 금지 법안이 나오기까지 아직 몇 년 남았다.

하지만 시간이 갈수록 게임 아이템의 거래는 더 급증할 것이다. 거래가 금지되어도 여전히 음지에서 거래되고 있으니 말이다.

그리고 합법적인 게임 아이템 거래 시장은 더 성장한다.

'리니지나 다른 게임도 그렇지.'

다른 게임에 비해 리니지 아이템의 가격은 절정이었다.

왜 이렇게 내가 잘 아느냐고?

머리 좀 쓴다는 조폭은 현실에서 지랄하지 않고 게임에서 지랄하고 세력을 모았다.

시쳇말로 리니지의 성 몇몇은 조폭의 것이라는 소문도 있었다. 아니, 소문이 아니었다.

내가 거느린 조직도 한때는 리니지의 성을 가졌다. 그리고 조금 더 머리가 좋은 놈들은 중국으로 이동해 사무실을 열었다.

말 그대로 작업실을 연 것이다.

그런 상태에서 조폭은 돈을 벌었다.

'저거 정말 천재네.'

척척척! 척척척!

순간 포커 게임이 시작되었다.

—하프!

—하프!

—하프!

─하프!

─하프!

모두가 하프를 외치며 베팅했다.

"헐!"

순간 나는 화면을 보고 멍해졌고, 조명득은 나를 보며 씩 웃었다.

"…너는 진짜 천재다."

"이제 알았나?"

놀라운 것은 짜고 치는 놈들의 패가 다 보였다. 조명득이 원게임에 악성 프로그램을 깔았기 때문이다.

─하프!

─하프!

─하프!

─하프!

─하프!

"이제 다 뒤졌어."

첫판부터 운이 좋았는지 조명득의 패는 7포커였다.

더 기똥찬 것은 다른 놈의 패가 A풀하우스라는 것이고.

"저것들, 오늘 난리 났다. 호호호!"

"어떻게 만들었어?"

"천재는 이 정도 쉽게 만든다."

"명득아!"

"와?"

"…너는 절대 나쁜 놈 되지 마라."

"와 또 그 소리고?"

"네가 나쁜 놈이 되면 누구도 못 잡을 것 같다."

"알았다. 친구가 검사될 낀데 내가 나쁜 짓 해서 되긋나."

물론 따지고 보면 이것도 나쁜 짓이다.

하지만 지금 조명득의 돈을 빼앗으려고 하는 놈들이 더 나쁘
다.

─풀!

히든까지 돌자 A풀하우스를 잡은 놈이 풀을 쳤다.

순간 판돈이 20조가 넘어버렸다.

─풀!

그리고 바람을 잡듯 다른 놈이 또 풀을 쳤다.

이제 판돈은 40조다.

─풀!

물론 조명득도 풀을 쳤다.

순식간에 80조가 됐다.

두 놈만 더 따라오면 한 판에 100조 이상 먹는다. 그리고 포
커 상금도 받을 것이다.

"뒤졌어."

흥분된다.

이래서 도박이 무서운 것이다.

"콜 하겠지?"

─풀!

짜고 치는 놈이 조명득을 올인시키겠다는 듯 풀 베팅을 했다.

─다이!

―다이!

그러자 두 놈이 임무를 마치고 죽었다.

"콜! 흐흐흐!"

―마산 킹카 윈!

짝짝짝!

와와와!

순식간에 게임하던 세 놈이 올인을 했고, 조명득은 딱 이 한 판으로 300조를 벌었다.

"…300조면 150만 원이네?"

"거래상들한테 팔면 120만 원이다."

이미 판로까지 확보해 놓은 조명득이었다.

―잘 놓았습니다, 사기꾼님들아! 잘 쓰겠습니다. ㅋㅋㅋ!

조명득은 채팅창에 글을 올렸다.

놈들의 입장에서는 울화통이 터질 일이 분명했다. 호구인 줄 알았는데 제대로 크게 당했다.

―야, 이 개새끼야!

―시바로마! 너 어디야?

사기를 치려던 놈들도 당했다는 것을 느낀 것 같다. 물론 악성 프로그램을 돌린 줄은 모를 것이다. 그걸 알게 된다면 난리가 날 것이다.

―ㅇㅇ, 수고요. 잘 먹겠습니다.

조명득은 이 말을 치고는 바로 포커 방에서 나왔다.

그리고 패를 볼 수 있게 돌아가는 악성 프로그램을 껐다.

"생활비는 되겠다."

"…너 정말 천재다."

정말 대단한 놈이다. 그리고 이렇게 대단한 놈이 내 친구라니.

어깨가 으슥해졌다.

"천재한테 자꾸 천재라고 하면 고맙다는 소리 못 듣는다."

"뭐?"

"당연한 소리니까. 오늘 점심에 삼겹살 묵자. 헤헤헤!"

"명득아, 이대로 며칠만 하면 좋은 곳으로 이사할 수 있겠다."

"그러다가 걸리면 나쁜 놈 된다. 악성 프로그램은 자주 돌리면 안 돼."

"그렇지."

그렇게 명득은 게임 머니 거래상에게 300조를 125만 원에 넘기고 바로 게임 아이디를 삭제했다.

천재이면서 자신의 행동을 절제할 줄 아는 놈이었다.

'철두철미한 놈!'

역시 조명득은 천재였다.

하여튼 조명득 때문에 마지막 응징을 위한 실험에 필요한 것도 준비했고, 삼겹살도 샀다.

"니랑 내랑은 환상의 콤비다."

"하모! 하모!"

"에헤이, 니는 여전히 사투리가 으슥하다."

조명득이 장난스러운 표정을 지어 보였다.

지글지글! 지지직!

불판에 삼겹살이 익어가는 것을 은희와 나, 그리고 미선이 군침을 삼키며 지켜보고 있다.

"야, 너 정말 오랜만이다."

보통의 여자애라면 삼겹살은 살찐다고 많이 안 먹으려 할 텐데, 은희와 미선이는 군침을 흘리며 허공에 젓가락질을 하고 있다.

그만큼 우리는 가난한 고학생이었다.

"먹자!"

조명득의 말이 끝나자마자 젓가락이 난리가 났다.

"대패 삼겹살이 빨리 익고 고소한데……."

경남지방에는 삼겹살을 대패처럼 얇게 썰어서 먹는다. 물론 그렇게 먹는 이유는 고기의 질이 좋지 않기 때문이다.

하지만 먹던 버릇이 남아 있어서인지 대패삼겹살이 먹고 싶어졌다.

"…그러게."

"쩝! 나중에 대패삼겹살 먹으러 가자."

"파는 곳 있나?"

"홍대에서 판단다."

대학생인 우리보다 재수생인 조명득이 서울에 대해 더 잘 안다는 것이 놀라웠다.

"아싸! 좋았어."

조명득의 말에 미선이 제일 좋아했다.

"그런데 그 새끼는 어떻게 됐어?"

조명득이 궁금하다는 듯 은희에게 물었다.

"2주 진단 나왔대. 디자인과 전체가 축제 분위기야."

최은희는 미소를 보였다. 최은희는 그 정도로 만족하는 것 같았다. 하지만 나는 아니었다.

"그럼 교수실이 비었겠네?"

사실 문형근을 입원까지 시킨 것은 교수실을 비우기 위해서였다. 최은희에게 들은 걸로는 교수실을 혼자 쓴다고 했다. 그것도 화장실이 딸린 곳을.

거기다가 조교도 없단다.

여자 조교는 문형근의 지랄에 버티지 못했고, 남자는 문형근이 원하지 않은 것이다.

그리고 어리고 예쁜 제자를 불러들이기 위해서는 조교가 없어야 했다.

그러니 교수실은 지금 비어 있었다.

"응, 잠겨 있다."

됐다. 이제 조명득의 실험만 성공하면 된다.

"이제 한 달만 지나면 월드컵이네."

조명득이 뜬금없이 월드컵 이야기를 꺼냈다.

"그러네."

"우리가 16강 갈 수 있을까?"

월드컵 이야기가 나오니 나랑 조명득은 신이 났다. 그리고 은희와 미선은 우리가 이야기를 하든 말든 상관하지 않고 고기를 구워 먹고 있다.

역시 여자들은 축구를 좋아하지 않았다.

"간다. 16강!"

내 기억에는 4강까지 간다.

"그라제! 똥개도 자기 집 앞에서는 반은 먹고 들어간다는데 되겠지."

모든 국민이 그렇게 기대를 걸고 있다.

하지만 우리의 태극전사들은 16강이 아니라 4강까지 갔다. 그리고 그걸로 나는 돈을 벌 생각이다.

명득이한테만 계속 나쁜 짓을 시킬 수는 없었다.

뭐든 꼬리가 길면 밟히는 법이다.

"은희야."

삼겹살을 굽고 있는 은희를 불렀다.

"왜?"

"내일 병문안 가자."

아무리 악인이라고 해도 회개할 마지막 기회는 줘야 할 것 같았다. 지금 내가 꾸미고 있는 응징은 지금까지 받은 응징 중에서도 가장 가혹한 벌이 될 테니까.

"누구?"

"그 개새끼!"

내 말에 최은희가 나를 빤히 봤다. 어떤 면에서 이번 삼겹살 파티는 문형근에 대해 복수를 한 자축 파티나 다름없었다.

그런데 뜬금없이 내가 병문안을 가지고 하니 최은희의 표정이 변했다.

"…왜?"

"돌려받을 수 있으면 받으려고."

"돌려줄까? 절대 그럴 사람 아니야."

사실 쉽지 않을 것이다. 돌려받는다는 것은 문형근의 입장에서 자신이 제자의 작품을 갈취했다는 것을 인정한다는 것이다.

"물어는 봐야지. 혹시 모르잖아? 반성했을지."

물론 그럴 확률은 전무하다.

나한테 당했다는 생각은 꿈에도 못 할 테니까.

그러니 나한테 당했을 수도 있다는 뉘앙스를 심어줘야 한다.

원래 복수라는 것은 누구에게 당했는지 정확하게 알아야 더 비참한 법이니까.

하지만 증거가 없으니 어떻게 하지도 못 할 것이다.

만약 문형근이 미친 척하고 해결사를 고용한다면 일이 좀 복잡해지겠지만 말이다.

하지만 그 역시 상관없었다.

나는 절대 문형근이 생각하는 어린애가 아니니까.

그리고 해결사의 특성을 누구보다 잘 알고 있다.

"…알았어."

"괜히 헛걸음하는 것 같다. 그 사이코는 절대 반성 안 한다."

조명득이 부정적으로 말했다.

"나도 그래. 그래도 마지막 기회는 줘야지."

"준비할 것이 엄청나니까."

나와 조명득의 대화에 최은희와 미선은 눈만 멀뚱거렸다. 내가 마지막으로 무엇을 준비했는지 저들은 모른다.

그리고 알면 안 된다. 이번으로 끝장을 낼 테니까.

"갑자기 고기가 들어가니 속이 안 좋아."

미선이 인상을 찡그리며 일어나 옥탑방으로 뛰어갔다.

"명득아!"

그리고 미선이 다시 벌컥 문을 열고 명득을 불렀다.

"와?"

"화장실에 이거 뭐야?"

"모르나, 그거?"

조명득이 미선을 보며 씩 웃었다.

"알기는 아는데……."

"룰루~ 랄라잖아, 룰루~ 랄라!"

*   *   *

병실.

"으으윽! 개새끼! 도대체 어떤 새끼지?"

병실 침대에 거꾸로 누워 있는 문형근이 신음 소리를 토해내며 자신을 이렇게 만든 놈이 누구인지를 추측하고 있었다.

"도대체 그 마스크를 쓴 그 새끼는 누굴까?"

이틀이 지났지만 아무런 협박도 없다. 그게 더 불안한 문형근이었다.

사실 그 정도의 사진이라면 충분히 돈을 요구하고도 남을 일이다.

그런데 여전히 연락이 없었다. 그래서 똥구멍이 아픈 상태에서도 아내에게 전화를 할 수밖에 없는 문형근이었고, 대놓고 물어볼 수도 없기에 목소리로 짐작하는 정도였다.

"마누라한테는 아직 안 갔는데……."

그래서 더 미칠 것 같은 문형근이다.

"망할 새끼! 으으윽!"

똑똑!

"들어와!"

그리고 꼴에 특실에 입원했다. 아니, 특실을 잡아야 했다. 엉덩이를 까고 뒤집어져 있으니까.

"너, 너는……!"

저벅저벅! 또각또각!

저번처럼 최대한 담대하게 최은희의 손을 잡고 엎드려 있는 문형근에게 다가갔다.

"무, 무슨 일이야?"

내 얼굴을 기억하고 있는 것 같다.

그리고 손으로 슬쩍 이불을 당겨 엉덩이를 가리려고 했지만, 나는 이불을 손으로 꾹 눌렀다.

"잘 계셨습니까, 교수님? 문병 왔습니다. 아~ 잘 계시지는 못하군요. 많이 아프시겠어요."

나보다 더 잘 이죽거리는 사람도 없을 것이다.

"문병?"

"예, 은희한테 아프시다고 들었거든요. 차비도 챙겨 주셨는데 문병이라도 와야죠."

사실 저 꼴을 보고 싶어서 온 것도 있지만 마지막으로 반성할 기회를 주고 싶어서 왔다.

　"우리가 문병 오갈 사이인가?"

　문형근이 짜증스러운 표정을 지었다.

　"인연이라면 인연이고 악연이라면 악연이죠."

　"악연이지, 이 버르장머리 없는 새끼야! 여전히 눈깔이 별로네. 속으로 고소해 죽겠지? 봤으니 썩 꺼져!"

　"교수님 때문에 악연이 됐죠."

　"왜 왔어? 으윽! 또 헛소리하려는 거야?"

　문형근이 버럭 소리를 질렀고, 상처에 압박을 받았는지 인상을 찡그리며 신음 소리를 토해냈다.

　"예, 바른 소리 하려고 왔습니다. 이제라도 돌려주세요."

　"뭐, 뭘 돌려줘? 내가 뭘 가지고 갔는데? 더 할 말 없으니 당장 나가!"

　문형근이 버럭 소리를 질렀다.

　"엄연한 절도입니다. 표절이고 그 역시 범죄입니다."

　"증거 있어? 말했잖아! 증거를 가지고 오라고! 아파 죽겠으니 헛소리하지 말고 꺼지라고!"

　문형근의 말에 최은희가 내 옷깃을 잡았다.

　"가자. 괜히 왔어. 절대 반성할 사람 아니라니까."

　맞다. 괜히 왔다. 사실 내가 이곳까지 온 것은 내 스스로에게 면죄부를 주기 위함일지도 모른다.

　아주 큰 것을 준비하고 있으니까.

　"잠시 나가 있을래?"

"뭐?"

"나가 있어. 잠깐 이야기하고 바로 나갈게."

"으, 응······."

그렇게 최은희가 병실 밖으로 나갔고, 나는 최은희를 따라가서 병실 문을 안에서 잠갔다.

철컥!

"뭐, 뭐 하는 거야?"

문을 잠그자 불안한지 살짝 떨리는 목소리로 묻는 문형근이다.

"컴퍼스에 찔렸지?"

나는 돌아서면서 차가운 목소리로 말하며 문형근을 노려봤다.

"뭐? 어, 어떻게 알았지?"

문형근이 매섭게 나를 노려봤다.

"컴퍼스 아닌가?"

"혹, 혹시 네놈이! 네놈이지? 이 새끼! 너 이러고도 무사할 줄 알아?"

문형근의 물음에 나는 긍정도 부정도 하지 않고 웃었다.

"말해! 네놈이지? 이 망할 놈의 개새끼! 네놈이지?"

"증거 있어?"

"뭐?"

"증거 있느냐고. 나라는 증거 있어? 증거 좋아하시던데 증거를 내놓으세요. 그때 저희한테도 그렇게 말씀하셨잖아요. 증거 있느냐고? 법대로 하라고."

비릿하게 웃었다.

당연히 증거는 없다. 컴퍼스를 운전석에 꽂을 때 지문 하나 남기지 않기 위해 장갑까지 꼈다.

경찰이 조사를 하더라도 문형근이 실수로 떨어뜨린 컴퍼스에 찔렸다고 결론을 낼 것이다.

물론 방석 뒤에 있었지만 말이다. 그리고 대한민국 경찰은 귀찮은 것을 싫어한다.

그래서 대부분 결론을 내놓고 수사한다.

그러니 내가 그랬다는 증거는 찾을 수 없다. 심증만으로 체포할 수는 없었다.

그리고 만약 내게 심증이 있어서 체포한다면 난리가 날 것이다. 비록 지원 미달로 들어가긴 했지만 서울법대생이고, 서울법대생을 임의 동행으로 체포한다면 뉴스에 나올 것이다.

"내가 네놈을 신고하겠어."

"아니, 그러니까 당신이 좋아하는 증거를 가지고 오라고요. 나라는 증거도 없는데 신고는 무슨 신고야? 내가 그런 것도 아니고."

"…이 새끼가 계속 오리발이네."

"당신은 모르시겠지만 제가 서울법대생입니다. 증거 없이 함부로 움직이면 일 커집니다. 교수님이 은희에게 한 일이 뉴스에 나올 수도 있어요."

"뭐?"

"저는 동문 선배님들이 대부분 판검사죠. 무슨 말인지 아시겠어요? 학교의 명예가 있는데 제가 억울하게 누명을 쓰는 것을 그냥 두고 볼까요?"

"이, 이 망할 새끼!"

"그리고 저 아니라니까요."

짜증스러운 표정을 지어 보였다.

"너… 확실히 아니야?"

"저 아니거든요. 교수님, 증거 좋아하시잖아요. 그래서 말씀드
린 거죠. 저도 들었어요. 119에 실려 가실 때 컴퍼스에 찔리셨다
고."

"이 쥐새끼 같은 놈!"

문형근은 마음속으로는 나라고 확신할 것이다.

하지만 나라는 증거가 없다. 게다가 내가 서울법대생이라는
것을 밝혔다.

문형근의 입장에서는 나는 무섭지 않을 것이다.

하지만 내 동문 선배님들은 신경을 안 쓸 수 없다.

누가 뭐라고 해도 서울법대 동문이니까. 그러니 고소하면 일
이 커진다는 것을 알 것이다.

'인맥이지.'

이런 것이 인맥이고 울타리일 것 같다.

"쥐는 당신이지."

"호, 혹시 너 사진도?"

문형근이 나를 뚫어지게 노려봤다.

"무슨 사진을 말씀하시는 거죠?"

사진은 문형근에게 치명적인 것이라 모르쇠로 나갔다.

쥐도 도망칠 길을 열어두고 몰아야 한다. 그래야 물지 않으니까.

사진까지 나라는 것을 의심하게 된다면 놈도 다른 방법을 찾을 수 있었다.

"사진이 왜요?"

나는 호기심 가득한 눈으로 문형근을 봤다. 배우를 해도 문제가 없을 정도의 눈빛으로 궁금한 표정을 지어 보였다.

"아니야. 아무것도. 헛소리나 할 거면 꺼져."

"나중에 후회하지 마세요. 인생 그렇게 사는 거 아닙니다. 나이 처먹고 그러는 거 아닙니다."

"꺼지라고! 으으윽!"

버럭 소리를 지르다가 놈이 인상을 찡그렸다. 똥구멍에 무리가 간 것이다.

"혹시나 해서 왔는데 역시나네요. 몸조리 잘하세요. 주변에 교수님 싫어하는 사람이 아주 많은 것 같으니까요."

"꺼져!"

역시 마지막 기회를 줬지만 안 되는 놈은 안 된다.

용서 받지 못할 놈.

반성하지 못하는 놈.

이제 남은 것은 처절한 응징뿐이다.

그리고 나는 이 순간 내 스스로에게 치졸하지만 내가 감행할 짓에 대한 면죄부를 줬다.

어쩌면 이러다가 나도 모르는 사이에 나는 괴물이 되어 있을지도 모르겠다.

하지만 이제는 멈출 수 없었다.

문형근은 이제부터 나를 의심할 테니까.

그러니 끝장을 봐야 한다.

'D—2일이다, 이 망할 새끼야!'

이제부터는 바로바로 움직여야 한다.

'일단 사진부터.'

가화만사성이라고 했다.

집안이 잘되면 모든 일이 잘된다.

하지만 그 반대라면 모든 일이 안 된다.

'나는 어쩌면 절대 악인지도 모른다.'

사실 요즘 거울을 보지 않는다.

거울을 보기가 너무 무섭다. 거울 속에 있는 나를 보는 것이 무섭다.

그래서 거울을 볼 때면 눈을 감아버린다.

*   *   *

딩동! 딩동!

퀵인 것처럼 위장하고 문형근의 아파트 초인종을 눌렀다.

—뭐죠?

"퀵입니다."

—문 앞에 두고 가세요.

"죄송한데요, 내용물을 확인하시고 돈을 받아오라고 하시네요."

—뭐라고요?

어이가 없다는 목소리다.

"중요한 거라고 직접 전해주라고 하셨습니다."

—누구 앞으로 온 건데요?

"방가연 님 앞으로 온 겁니다."

방가연은 문형근의 아내이다.

여자들은 자신에게 온 물건에 관심을 가지기 때문에 반드시 문을 열 것이다.

철컥!

자기에게 온 퀵이라는 말에 드디어 문이 열렸다.

"주세요. 뭐죠?"

"내용물을 확인하면 알아서 주실 거라고 받아오라고 했습니다."

나는 오토바이 헬멧을 눌러쓰고 있었다.

얼굴을 보일 필요는 없었다. 이때의 퀵은 다 이렇게 했으니까.

물론 이렇게 하고 있으면 문을 잘 열어주지 않았지만.

"…뭐지?"

문형근에게 돌려받지 못한다면 그의 아내에게 받으면 된다. 물론 조금은 치사한 방법이지만 원래 나는 정의로운 사람이 아니다.

물론 쌤이 사람을 위한 사람이 되라고 하셨지만, 문형근이 나락으로 떨어져서 다시 일어서지 못한다면 그게 사람을 위하고 학생을 위한 일이라고 확신했다.

"저는 잘 모르죠."

내 말에 방가연이 노란 서류봉투를 뜯어서 내용물을 확인하더니 표정이 굳어졌다.

동공까지 확대되어 파르르 떨리고 있다.

저 사진을 보고 담담할 수 있다면 이미 부부관계는 끝난 거겠
지만.

"이, 이 사진, 누가 보낸 거죠?"

"예? 사진입니까?"

모르쇠가 최고다. 나는 지금 퀵 행세를 하고 있으니까.

"아, 아니에요. 얼마를 받아오라고 했죠?"

"주시는 만큼 받아오라던데요. 이런 퀵은 또 처음이네요. 바
빠 죽겠는데."

약간 짜증나는 어투로 말했다.

"…잠깐만 기다려요."

방가연의 목소리가 떨렸다. 그런데 눈빛이 이상했다.

마치 이제야 증거를 잡았다는 그런 눈빛이다.

"집에 현금이 없어서 이것뿐이네요. 계좌를 주시면 송금해 줄
게요."

"예? 저는 의뢰인 계좌 모르는데요."

계좌를 주면 꼬리를 밟힐 수 있었다.

"그럼 이거라도 전해주세요. 그리고 전해줄 때 필름 원본 가지
고 저한테 오라고 하세요."

조금 전까진 목소리가 떨렸는데 이제는 차분해졌다.

이 정도로 차분한 것을 보니 부부생활에 이미 금이 가 있다
는 느낌이 든다.

"예."

건넨 돈 봉투가 꽤 묵직했다. 물론 만 원짜리면 100만 원 정

도밖에 안 되겠지만 말이다. 하지만 돈 때문에 이런 것이 아니니 상관없었다.

문형근이 다시 일어나지 못하게 하려면 가정부터 깨야 했다. 그리고 문형근이 이런 짓을 하고 사는지 속고만 산 아내도 알아야 했다.

움직일 거면 이렇게 확실히 하는 것이 좋았다.

사실 그가 교수로 있는 전문대에 쫙 뿌리려고 했다. 그리고 인터넷에도 뿌릴 생각이었다.

하지만 포기했다.

그렇게 하면 수사가 나올지도 모른다.

뭐, 물론 증거가 없으니 쉽게 잡히지는 않을 것이다.

하지만 문형근에게 딸이 둘 있다는 것을 알았고, 최소한 그 아이들에게는 충격을 주지 말아야 한다는 생각이 들었다.

죄를 지은 건 문형근이지, 아이들에겐 죄가 없으니까.

그래서 이렇게 방가연에게만 사진을 건넨 것이다.

"그럼 수고하세요."

내가 목례를 하고 돌아서자 방가연이 바로 핸드폰으로 전화를 걸었다.

'아마 문형근에게 걸겠지.'

돌아보고 싶지만 그대로 엘리베이터를 탔다.

나는 그냥 심부름 온 퀵이니까.

"이혼 서류 보낼 테니까 도장 찍어."

─아파 죽겠는데 무슨 소리야? 이혼은 무슨 얼어 죽을 이혼! 돈 많이 벌어다 주니까 복이 터져 지랄하는 거지?

"사진 왔더라. 개도 아니고, 잘하는 꼴이다. 애들 보기 부끄럽네."

—사, 사진?

"찍어! 이혼 소송 가기 전에!"

—10층입니다.

엘리베이터가 섰다.

그리고 천천히 문이 열렸고, 나는 엘리베이터를 탔다.

—저기 은영이 엄마! 그, 그게……

"이 아파트랑 용인 땅이랑은 내가 가지는 걸로 하겠어. 그거부터 정리하자. 정신적 피해 보상이라고 생각해. 그다음부터 재산 분할해야겠지? 사진도 내가 가지고 있으니까."

순간 계산적으로 변했다.

이래서 님이라는 글자에 점 하나를 찍으면 남이 되는 건가 보다.

—지금 나 협박하는 거야?

"협박? 그래, 이제부터는 협박이다. 말했지? 사진 내가 가지고 있다고. 이걸로 내가 무슨 짓을 할지 나도 몰라."

—이, 이 망할! 사진을 네가 찍었구나!

오해가 시작되는 순간이었다.

물론 박동철에게는 나쁠 것이 없는 오해였다.

"마음대로 생각해. 이제 너라는 작자는 지긋지긋하니까."

남 수준이 아닌 것 같다. 그리고 사진을 내가 찍었을 거라는 의심도 풀릴 것이다.

문형근은 지금 내 대신 마누라를 의심하고 있었다. 하여튼 여자는 참 무섭다.

'D−1이다.'

　　　　　*　　　　　　*　　　　　　*

오후 7시 문형근 교수의 교수실 앞.

문형근의 교수실은 3층 끝에 위치해 있기에 오가는 교직원이
나 학생이 없었다.

"이것도 여나?"

조명득이 궁금하다는 눈빛으로 내게 물었다.

"당근이지."

원래 교도소에 있으면 자력갱생을 하는 것보다 범죄에 대해
더 많이 배운다.

수갑 풀기부터 머리핀으로 이런 단순한 도어록을 여는 것까
지.

할 일도 없고 시간은 남아도니 자연스레 배우게 되는 것이다.

"원래 이런 건 몇 번 쑤시면 돼."

"정말이가?"

"해봐야지."

내 말에 조명득이 묘한 눈으로 봤다.

철컥! 철컥! 끽! 끼익!

몇 번 실수하는 척하고 머리핀으로 문을 열었다.

"들어가시죠."

조명득을 보며 웃으며 말했다.

"니는 희한한 재주가 있네."

희한한 재주?

악성 프로그램을 만드는 재주에 비하면 이런 것은 아무것도 아니었다. 교도소에 들어가 관심만 가지면 배울 수 있었다.

"나중에 해봐라.'

"알았다."

나와 조명득은 다시 한 번 주위를 살피고 교수실로 들어갔다.

딱!

들어가자마자 교수실 안에서 문을 잠갔다.

이것 역시 무단침입이니 범죄다. 하지만 응징하려면 완벽하게 해야 한다.

물론 모진 면도 있다.

'이제 똥꼬가 활활 탈 거다.'

사실 이런 응징 말고도 악당 문형근을 위해 무성 형에게 부탁했다. 물론 무성 형이 사법고시를 합격하기는 했지만 지금 당장 힘이 있는 건 아니다. 연수원도 들어가지 않았으니까. 하지만 형의 선배들이라면 다를 것이다.

'동문 좋다는 것이 다 이런 거지.'

물론 법으로 해결할 수 있을지도 모른다.

하지만 부탁하면서 문형근에게 당한 학생들에게 진술을 해줄 수 있느냐고 물었는데 모두 다 후환이 두려워 거절했다.

그러니 문형근은 그들의 눈에 보이지 않아야 했다.

그래야 진술을 거부한 여자애들이 용기가 생길 테니까.

　　　　*　　　　　*　　　　　*

　문형근이 입원한 병원 특실.

　"구질구질하게 여기까지 오게 만드네."

　"그게… 그러니까……."

　문형근은 자신의 앞에 매서운 눈빛으로 째려보고 있는 방가연을 보며 사정하고 있었다.

　"찍어요. 딴소리 듣고 싶지 않으니까."

　"남자가 실수도 할 수 있고……."

　"혼자서 실수 많이 해요."

　"꼭 이래야겠어?"

　"이래야겠어. 이제는 지긋지긋하거든."

　"벌어다 주는 돈에 배가 불러서 눈에 보이는 것이 없나 보군. 이혼녀로 살면 훨훨 날아갈 것 같아?"

　도리어 문형근이 버럭 소리를 질렀다.

　"내 일은 내가 알아서 할 테니까 상관 말고 찍기나 해."

　"좋아, 찍자, 찍어!"

　"찍어요."

　방가연이 서류를 내밀었다.

　"찍어는 주는데 아파트랑 용인 땅은 못 줘."

　결국 갈라서는 판에 재산 분할로 싸움이 날 것 같다.

　"못 줘? 정말 못 줘?"

　"못 줘! 네가 번 돈 있어? 내가 이 꼴 저 꼴 다 보면서 악착같이 번 돈이야. 너는 탱자탱자 쓰기만 했잖아."

"정말 못 줘?"

"못 줘! 아니, 안 줘!"

"난 법정에서 이길 자신이 있는데?"

방가연이 매섭게 문형근을 노려봤다.

"…못 줘!"

"알았어. 내가 너랑 15년을 살았는데 너를 모르겠니? 들어와요!"

방가연이 밖에서도 들을 수 있게 소리쳤다.

"뭐?"

                    *   *   *

"가능하지?"

나도 모르게 노파심이 들어서 물었다.

"당근이지. 믿어. 흐흐흐!"

조명득의 눈빛이 반짝이고 있다.

조명득은 내게 3일만 달라고 했다. 어떻게든 방법을 만들어내겠다고.

나는 내 친구를 믿었다.

천재인 조명득을 믿는다.

조명득은 가지고 온 공구로 비데 양변기의 내부를 분리하기 시작했다.

"똑같네. 흐흐흐!"

미리 최은희에게 물어 문형근이 어떤 비데를 쓰는지 알아냈고, 조명득은 이번 일을 위해 비데를 대여했다.

우리의 경제 사정으로 따진다면 과도한 지출이 분명했다. 하지만 최은희와 미선은 좋아했다.

그럼 된 것이다.

"…대단하네."

사실 양변기를 분리한다는 것이 결코 쉬운 일은 아니다.

하지만 조명득은 여러 번 해봤다는 듯이 비데 분리를 척척 해냈다. 비데 양변기의 원리는 생각보다 간단했다. 휴지로 닦는 것을 물로 세척하는 차이였다.

그렇기 하기 위해서는 직수 수도관에서 관을 하나 빼기만 하면 되었다. 그리고 그 관에서 노즐 하나를 뽑아서 엉덩이에 딱 맞게 조준하면 된다.

물론 작동은 버튼 센서를 달면 된다.

"난 여기에 다른 관 하나만 연결하면 되지. 며칠 안에 퇴원한다고 했지?"

"한 4일 후면 퇴원할 거다."

"흐흐흐! 다시 입원해야겠네. 그리고……."

"아주 오랫동안 입원해야겠지."

"그러니까."

어떤 면에서 우리는 악마다.

나쁜 놈에게 너무나 가혹한 악마.

조명득은 공구 세트에서 흰색 유리로 된 작은 통 하나를 꺼냈다.

"그거지?"

"이거 따로 만드느라 엄청 힘들었다."

증거를 남기지 않기 위해 조명득은 이 유리통을 만들기 위해 대구까지 내려갔다 왔다.

나보다 더 치밀한 구석이 있는 녀석이었다.

그리고 그 유리통에는 양 끝으로 노즐을 연결할 수 있게 구멍이 뚫려 있었다.

조명득은 먼저 비데 양변기에 들어가는 직수를 잠갔다.

그러고 나서 직수에 연결되는 노즐 관에 유리통을 끼웠다. 그리고 마지막으로 엉덩이에 물을 뿌리는 관을 반대편 작은 통에 난 구멍에 연결했다.

"다 됐다."

"정말 너 없으면 아무것도 못하겠다."

"그라지! 우린 환상의 파트너지. 흐흐흐."

조명득은 앞으로 무슨 일이 일어날지 분명하게 잘 알고 있기에 사악하게 웃었다.

'…선악이 없다.'

놀라운 것은 이런 사악한 일을 저지르고 있는 조명득에게 선악의 기울어짐이 없다는 것이다.

선악의 저울이 50 : 50으로 명확하게 균형을 이루고 있었다.

'나는……'

순간 나도 모르게 화장실 거울을 봤다.

보지 않으려 하던 것을 보고 말았다.

'으음……'

속으로 신음을 흘렸다.

'내가……'

4 : 96

또 다른 것이 있다면 선 4가 붉은색으로 반짝이고 있다는 것이다.

마치 경고하는 것 같다.

더 이상 선의 수치가 떨어지면 안 된다는 경고처럼 느껴졌다.

이게 다른 사람들과 달랐다. 다른 사람들은 그저 수치로만 보이고 반짝이는 것이 없다.

물론 나처럼 한쪽으로 한없이 치우친 사람은 아직 문형근밖에 못 봤지만 말이다.

그리고 문형근 역시 반짝이지 않고 있었다.

결국 생각해 낸 것은 10 이하로 떨어진다면 무슨 문제가 생길 수 있다는 의미가 아닐까 하는 것이다.

"가자!"

내가 멍하니 거울을 보고 있으니 조명득이 툭 내 어깨를 쳤다.

"…으응."

"와 그라노?"

"아니다."

맞다.

지금의 나는 절대 악이다. 하지만 이 절대 악이 다른 악을 응징하게 될 것이다.

지금은 내게 아무런 힘이 없기에 이렇게 사적 제재로 움직인다.

하지만 힘이 생기는 순간 달라질 것이다.

항상 법보다 주먹이라고 생각하고 살았지만, 주먹 위에 법이 있는 세상을 만들고 싶다.

'절대 악이 되더라도 상관없어.'

악인이 만드는 세상!

이 세상이 조금은 선해질 수 있게 나는 악인이 될 참이다.

어쩌면 그게 내가 회귀한 이유일지도 모른다는 생각이 들었다.

덤으로 사는 세상!

내가, 아니, 그 ARS가 나를 회귀시킨 이유가 있을 것 같았다.

하여튼 놀라운 사실 하나를 알았다.

조명득은 완벽한 균형이고, 나는 악에 치우친 절대 악에 가깝다는 사실을.

따르릉! 따르릉!

그때 전화기가 울렸고, 나도 모르게 흠칫 놀랐다.

'…ARS다!'

나도 모르게 전화벨이 울리는 곳으로 걸어갔다.

'받아야 해.'

손이 떨린다.

하지만 경험상으로 받아야 한다.

딸칵!

내가 전화를 받자 문 앞에 서 있던 조명득이 기겁했다.

'야! 미쳤나?'

물론 조명득의 외침은 입모양뿐이다.

한마디로 음소거 모드이다.

소리를 낸다면 더 문제가 될 것이니까.

—**선택의 순간입니다.**

역시나 내게 또 선택의 순간이 왔다.

*   *   *

벌컥!

급하게 문형근이 입원한 병실의 문이 열렸다.

찰칵! 찰칵! 찰칵!

문을 열고 들어온 사람들이 카메라로 문형근을 찍어댔다.

"왜, 왜 이러는 거야? 당신들, 누구야!"

"이데이 뉴스 이준표 기자입니다. 제자 성추행 사건 제보가 있습니다. 제자들을 성추행한 것이 사실입니까?"

자신을 이데이 뉴스 기자라고 밝힌 이준표 기자는 다짜고짜 성추행 제보가 있다며 문형근에게 물었다.

"지금 당신, 뭐 하는 거야?"

"안 준다며? 법원에 갈 때 필요한 증거라고 변호사가 그러더라."

"뭐, 뭐라고?"

순간 문형근은 멍해졌다.

"제보자가 보낸 사진을 보니 화장실에서 제자를 성폭행했던데

사실입니까?"

"방가연이! 너! 네가 시킨 거지?"

문형근이 버럭 소리를 질렀다.

"뭐가요?"

"너지?"

"누구든 상관있나요. 증거만 있으면 되지."

방가연은 미소를 보였다.

사실 문형근은 돈을 벌어다 준다는 이유만으로 방가연을 인격적으로 무시했다.

그리고 증거만 없을 뿐 수많은 외도를 했다.

지금까지 그걸 참고 참은 방가연이었다.

그런데 지금 증거가 나왔고, 이것이야말로 지긋지긋한 결혼 생활을 청산하면서 재산도 함께 챙길 수 있는 기회라고 생각했다.

다시 오지 못할 절호의 기회였다.

저렇게 문형근이 누워 있으니 손도 쓰지 못할 터였다.

"너 방가연이! 이 머리도 나쁜 것을 반반해서 데려다 살아줬더니……!"

문형근은 아직도 정신을 못 차리고 방가연을 무시했다.

그리고 방가연은 이런 복수를 항상 꿈꿔왔다.

"이렇게 폭언을 하니 같은 편이 있겠어?"

"너… 내가 그냥 안 둬!"

"그러든지. 다음은 재판장에서 봐."

"이 망할……!"

잠시 기다리고 있던 이준표가 문형근을 봤고, 그 순간 방가연은 밖으로 나갔다.

"야, 방가연! 이 망할 년의 여편네야! 거기 안 서!"

고래고래 소리를 질러도 방가연은 돌아서지 않았다.

여자가 마음먹으면 무섭다.

그리고 더욱 차갑게 현실적으로 변한다.

"질문에 대답해 주시죠. 제자를 성폭행했다는 것이 사실입니까?"

"아니라니까!"

문형근이 버럭 소리를 질렀다.

"제보에 의하면 제자들의 디자인도 갈취했다는 의혹도 제기되고 있습니다."

"그런 일 없다니까!"

"졸업생 몇 명의 진술을 확보했습니다."

"…뭐?"

문형근이 멍해졌다.

"졸업생들이 취재에 응해 주더군요."

이준표가 비릿하게 웃었다.

"다, 당신, 어디 기자라고 했소?"

"이데이 뉴스입니다."

"이데이 뉴스? 그런 신문사도 있어?"

"인터넷 신문사입니다."

이준표의 말에 문형근이 인상을 찡그렸다.

'기레기군. 망할 여편네.'

문형근은 지그시 입술을 깨물었다.

"얼마면 돼?"

"예?"

"얼마면 이 기사 안 쓸래?"

문형근의 말에 이준표가 어이가 없다는 표정을 지어 보였다.

"얼마냐고?"

문형근이 다시 물었고, 이준표가 고개를 돌려 사진을 찍던 남자들을 봤다.

"나가 있어."

"예."

그렇게 엑스트라들은 빠지고 문형근과 단둘이 남았다.

"2억!"

"뭐?"

문형근이 어이가 없다는 표정을 지어 보였다.

"2억! 당신, 이 뉴스 인터넷에 뜨면 끝장나잖아."

"기레기군."

문형근의 말에 이준표가 피식 웃었다.

"좋아, 주지."

"지금 당장 주시면 이 뉴스 인터넷에 안 뜹니다."

"이……."

"싫으십니까? 사모님은 바로 2억 주신답니다."

"억이 누구 집 개새끼 이름이야?"

"싫으면 마시고요."

이준표가 돌아섰다.

"기, 기다려!"

"어쩌시겠습니까? 사모님께 받을까요?"

"…휴우! 테이블 위에 있는 내 핸드폰 가지고 와."

그렇게 문형근은 이준표에게 2억을 뜯겼다.

"절대로 뉴스에 뜨면 안 돼."

"여부가 있겠습니다."

"경고하는데, 뉴스에 뜨면 내가 너한테 준 돈만큼 써서 너 죽이는 데 쓴다."

문형근이 매섭게 이준표를 노려봤다.

"알죠. 잘 쓰겠습니다. 그래도 제가 남자 편을 들어야지 여자 편을 들 수는 없죠. 남자는 다 실수를 하잖습니까. 사진 각도 좋던데요?"

이미 봤다는 것이다.

"꺼져!"

문형근이 소리를 지르자 이준표는 묵례를 하고 병실을 나갔다.

그런데 놀라운 것은 차갑게 돌아서서 나간 방가연이 밖에서 기다리고 있었다.

"어떻게 됐어?"

"2억 챙겼지. 흐흐흐!"

"잘했어. 망할 새끼!"

방가연이 이준표의 팔짱을 꼈다.

"이제 재판만 하면 재산 반은 우리 누님 몫이지?"

"그러어엄~"

"하하하!"

"호호호!"

여자가 한을 품으면 오뉴월에도 서리가 내린다는 말이 있다.

여자는 그 말처럼 한을 품으면 한없이 무서운 존재가 된다.

＊   ＊   ＊

—선택의 순간입니다.

역시다. 역시 내게 또 선택의 순간이 왔다.

쿵쾅! 쿵쾅!

심장이 쿵쾅거렸다.

'이번에는 제대로 선택해야 해.'

진실의 눈이라는 스킬을 선택할 때 1번이 아니라 2번을 선택해야 했다.

모든 지식을 담는 뇌인 2번을 선택했다면 한결 모든 공부가 수월했을 것이다.

—1번, 지식을 담는 뇌. 2번, 궁극의 최면 중에서 선택하십시오.

'지식을 담는 뇌가 또 나왔다.'

쿵쾅! 쿵쾅!

다시 심장이 뛴다. 진실의 눈을 통해 객관식 문제는 맞출 수 있었다.

그리고 그 스킬로 우여곡절 끝에 대학에 왔다.

하지만 이제부터는 주관식이다. 그리고 서술형이고.

궁극적으로 사법고시도 봐야 한다. 그러니 1번을 선택해야 한다.

'궁극의 최면?'

나도 모르게 지그시 입술이 깨물었다. 아마도 최면을 걸 수 있는 스킬일 것이다.

분명 일상생활에서의 활용도를 보면 궁극의 최면이 지식을 담는 뇌보다 더 유익할 것이 분명했다.

하지만 내게 당장 필요한 것은 방대한 법률적 지식을 담을 수 있는 뇌였다.

—5, 4, 3, 2……

장갑을 낀 상태로 1번 버튼을 꾹 눌렀다.

—1번 스킬을 선택하셨습니다. 1번 스킬을 선택함과 함께 당신의 기억 하나가 소멸됩니다.

'뭐……?'

순간 당황스러웠다.

—시스템이 업그레이드되었습니다. ARS와의 소통이 이루어졌습니다. ###666으로 통화가 가능해집니다. 단, ###666으로 통화할 시 당신의 기억 중 하나가 영구적으로 소멸됩니다.

뚝!

하지만 물어볼 틈도 없이 전화는 끊겼고, 나도 모르게 온몸을 부르르 떨었다.

"야! 미쳤나!"

내가 전화를 끊자마자 조명득이 내게 말했다.

"아, 아니……"

"왜 이렇게 넋이 나갔어? 뭔데?"

"가자!"

"살 떨리게 전화는 왜 받았는데?"

"나도 모르게……."

"그래도 다행이다. 니가 아무 말도 안 해서."

"가자."

—1번 스킬을 선택함과 함께 당신의 기억 하나가 소멸됩니다.

ARS 음성이 자꾸 뇌리에서 맴돈다. 뭔가 확실히 달라지고 있는 것 같았다.

확실히.

그리고 이것은 나의 선악의 수치와 연관이 있을 것 같았다.

'도대체 어떤 기억이 사라진 거지?'

나도 모르게 지그시 입술을 깨물며 조심스럽게 문형근의 교수실에서 나왔다.

＊   ＊   ＊

문형근은 입원한 지 2주도 되기 전에 퇴원할 수밖에 없었다.

문형근에게 디자인을 빼앗긴 선배들이 최은희를 중심으로 학장에게 탄원서를 제출해서 더 치료를 받고 싶어도 받을 수 없는 상황이었다.

거기다가 한술 더 떠서 최은희는 경찰이 아닌 검찰에 문형근을 고소했고, 문형근의 입장에서는 이게 다 자신이 학교를 비워서 생긴 일이라는 생각이 들어 서둘러 퇴원했다.

"괜찮으십니까?"

문형근이 학교로 오자 교직원 중 문형근의 측근이라고 할 수 있는 서무과 직원 하나가 문형근을 부축하며 교수실로 왔다.

"안 괜찮아. 망할! 되는 일이 없군. 미친 것들이 나 없을 때 지랄을 했다며?"

"예, 교수님! 학장님께서 막고는 있지만 검찰 조사가 나올 것 같답니다."

"검찰?"

문형근이 짜증스러운 표정으로 원무과 직원을 봤다.

"예……."

원무과 직원은 문형근의 눈치만 볼 뿐이다.

"미친 것들. 증거도 없는데 조사해서 뭘 하겠어? 그리고 난 누명을 쓴 거야. 망할 것들이 나를 유혹하는 데 실패해 괜히 이러는 거지. 그리고 요즘 검찰이 그렇게 한가해? 한가하면 범죄자들이나 잡으라고 해! 이 할 일 없는 공무원 새끼들! 하여튼 공무원 새끼들이 문제야, 문제!"

말은 그렇게 했지만 문형근의 표정은 어두웠다.

"예, 알고 있습니다."

원무과 직원은 속으로는 구역질이 났지만 참았다.

"나가 봐요."

"예, 교수님!"

꾸르륵! 꾸르륵!

그때 다시 문형근의 배에서 꾸르륵 소리가 났다. 치질에 테러까지 당했으니 용변을 수월하게 보기 위해서 어쩔 수 없이 유동식을 했다. 거기다가 약간의 설사약을 첨가했기에 자주 이런 증상이 있었다.

여전히 힘을 줘서 쌀 형편이 안 되기 때문이다.

'젠장! 마누라가 지랄 발광하니 요즘 되는 일이 없어. 시발!'

문형근은 짜증을 부리며 천천히 일어나 화장실 문을 열고 비데 좌변기를 봤다.

그 순간 2주 전에 경험한 안 좋은 기억이 떠올랐다.

"…혹시 모르니까."

문형근은 조심스럽게 손을 뻗어 변기 속에 넣어보았다.

이래서 자라 보고 놀란 가슴 솥뚜껑을 보고도 놀란다는 말이 있는 모양이다.

"망할 새끼!"

아무런 이상이 없는 것을 확인한 문형근은 좌변기에 앉았다.

주르륵! 주르륵!

한마디로 물똥이다. 똥구멍을 크게 찔렸기에 그 참에 치질 수술도 했다. 이제 회복되기만을 기다리면 된다. 아마 학교에서 이 난리만 나지 않았다면 더 입원해 있었을 것이다.

"으으으! 그래도 덜 아프네. 젠장! 이제는 치질도 안녕이다. 쌍! 망할 마누라 없어도 살아. 속이 다 시원하네. 쌍!"

더러운 소리가 진동했고, 곧 그 냄새가 스멀스멀 흘러나왔다.

"인생 뭐 있어? 이혼은 흠이야! 망할 년! 돈밖에 모르는 년!"

문형근은 그렇게 마누라 욕을 하면서 비데 세척 버튼을 눌렀다.

쭉! 찌이익!

물이 뿜어졌고, 동시에 넓은 화장실에 비명이 울려 퍼졌다.

"아아아악! 끄으으으, 아아악!"

살짝 뜨거운 것이 느껴지더니 바로 불에 덴 것처럼 극렬한 고통이 문형근의 엉덩이로 밀려왔다.

지지직!

"아아악! 아아악!"

살이 타는 냄새가 진동했다. 죽음보다 더한 고통으로 차라리 죽고 싶은 문형근이었다.

지지지! 지지지!

조명득이 세척 밸브에 삽입한 것은 물과 염산을 1 대 3으로 희석한 약염산이었다.

물론 희석을 했다고 해도 염산은 염산이다.

"아아악! 아아악!"

문형근은 바로 엉덩이를 깐 채로 화장실 바닥에 나뒹굴었다.

"살, 살려줘!"

다시 문형근은 입원해야 했고, 이번에는 장기 입원이 될 수밖에 없었다.

똥구멍이 다 탔으니까.

그렇게 박동철이 준비한 사적인 응징은 모두 끝이 났다. 하지만 누군가 말했다.

끝날 때까지 절대 끝난 것이 아니라고.

그렇게 문형근은 응급으로 병원에 실려 갔고, 항문 재건 수술을 받아야 했다.

그렇게 회복되고 있을 때, 검찰 수사관들이 문형근을 찾았다.

"누, 누굽니까?"

"문형근 씨를 미성년자 강간 피의자로 긴급 체포합니다."

"예?"

"이 사진 아시죠?"

검찰 수사관이 내민 사진은 자신이 스폰을 한 여자와 함께 화장실에서 찍힌 것이었다.

"아, 알기는 하는데……."

말을 더듬는 문형근이다.

'이 망할 여편네가!'

이 순간 자신에게 일어난 모든 일이 방가연이 꾸민 것이라는 확신이 들었다.

"제가 왜 미성년자 강간 피의자죠?"

정신을 바짝 차려야 산다는 생각이 든 문형근이 따지듯 물었다.

"모르셨어요, 이소은 양이 미성년자라는 것을?"

순간 문형근은 해머로 머리를 크게 한 대 얻어맞은 기분이 들었다.

그렇게 문형근은 철저하게 무너졌고, 사회에서 매장됐다.

물론 결정타를 날린 것은 그의 아내이던 방가연이었다.

"망, 망할 여편네!"

제8장
내 기억에 풀 베팅!

공사장 사무실.

"여기!"

비록 서울대를 다니지만 누군가를 가르친다는 것이 자신 없어서 금, 토, 일 3일 동안 여기서 일했다.

금요일에 일을 하기 위해 모든 강의를 빽빽하게 목요일까지 수강 신청을 했다. 그 결과 나는 고3처럼 아침부터 저녁까지 총 여덟 시간이나 강의를 들어야 했다.

"감사합니다."

"서울법대 다닌다면서?"

공사장 십장이 흐뭇한 얼굴로 내게 물었다.

"예."

사실 처음 대학생이냐고 물었을 때 그렇다고만 대답했다. 물론 서울대를 다닌다는 소리는 안 했다.

그런데 다니다 보니 이런저런 이야기를 하게 됐고, 교통사고를 당한 아저씨 한 분이 억울하다는 이야기에 나도 모르게 짧지만 내가 알고 있는 법률 지식 이야기를 해주다가 서울대를 다닌다는 것을 말하게 됐다. 물론 그 아저씨는 내 도움으로 보험사에서 보상을 받았다.

하여튼 법은 아는 만큼 도움이 된다.

다시 말하자면 모르면 치명적인 독이 되기도 한다. 그래서 권력을 쥔 자들은 일반인들이 하여금 법에 가까이 가지 못하게 만드는 것 같았다. 수많은 법률 용어부터 그렇다. 과거 왕조 시대의 지배자들이 글을 통제하면서 우민정책을 펼치는 것처럼 말이다.

"꿈이 대통령이야?"

노가다 십장 아저씨가 뜬금없이 네게 물었다.

"예?"

"아니면 이런 공사판에서 노가다를 할 필요가 없잖아."

고액 과외를 하는 것은 사기를 치는 것 같아서 노가다를 하는데 반응이 이렇다.

"꿈은 대통령이죠. 하하하!"

사실 어릴 적 꿈이 대통령이 아닌 사람은 몇 없을 것이다. 그리고 자라면서 그 꿈이 점점 작아진다. 물론 요즘은 대통령보다 연예인이 꿈인 사람이 많지만.

"후우, 이상하게 듣진 말고……."

공사장 십장 아저씨가 한숨을 쉬더니 말꼬리를 흐렸다.

"예?"

"…내일부터는 안 나와도 되네."

상황이 어이없이 돌아간다.

"왜요?"

"회사에서 그렇게 하라는 지시가 내려왔네. 서울대까지 다니는 사람이 이런 공사판에서 이유 없이 벽돌을 나를 이유가 없다고. 나하고 인부들은 자네가 그런 사람이 아니라는 것을 알지만 회사에서는 생각이 좀 다른 모양이야."

회사 쪽에서는 나를 마치 위장 취업을 해서 문제를 일으키려는 사람으로 회사 쪽에서는 생각한 것 같았다. 이게 현실이었다.

"아~ 예, 알겠습니다."

두말없이 알았다고 하니 십장 아저씨가 의외라는 표정으로 나를 봤다.

"그동안 고마웠습니다."

"꼭 꿈을 이루시게."

"예."

정말 노가다 십장 아저씨는 정말로 내 꿈이 대통령이라고 생각하는 모양이다. 하지만 나는 지금까지 단 한 번도 대통령이 꿈인 적이 없었다. 회귀를 하기 전에는 아예 꿈도 없었다.

하여튼 그렇게 나는 노가다 판에서 잘렸다.

'생활비는 이제 어디서 버냐? 쩝!'

그렇게 6월이 왔다.

아르바이트에 대학 생활에 거기다가 오버하는 감이 있기는 하지만 사법고시 1차 시험 준비까지 하고 있으니 말 그대로 숨 돌릴 틈이 없었다. 이래서는 안 되겠다는 생각이 요즘 부쩍 든다.

최소한 아르바이트 시간이라도 아껴서 공부에 진념해야 한다는 생각이 간절했다.

그리고 지금은 6월이다. 내가 회귀를 한 후 결심한 것이 미래의 기억을 가능하다면 당분간은 이용하지 않겠다는 거였다. 하지만 그 결심부터 깨야 할 것 같았다.

'돈이 급해지네.'

이 대한민국에 가난한 고학생이 어디 한둘이겠느냐마는 돈 때문에 공부할 시간이 없다는 것이 안타까웠다.

내 결심만 꺾는다면 돈은 벌 수 있을 것이다.

지금은 6월이고 곧 월드컵이 열리니까.

'비, 반드시 온다.'

그래서 준비했다.

'내 기억에 풀 베팅!'

노가다 판에서도 엉뚱한 추측으로 해고가 되니 마음을 고쳐먹게 되었다. 내 기억을 사용하더라도 우선은 돈부터 만들어야겠다는 생각이다.

그리고 본격적으로 지식을 담는 뇌 스킬을 이용해 사법고시를 준비할 참이다. 물론 지금도 주구장창 법률 관련 지식을 뇌에 담고 있지만 말이다. 물론 외우는 것은 이제 어렵지 않았다. 하지만 그것을 내 것으로 만드는 것이 쉽지 않았다.

그것이 무슨 차이냐고 하겠지만 분명한 차이가 있었다.

"이게 다 뭐꼬?"

조명득이 큰 박스 세 개를 보고 내게 물었다. 이틀 후를 위해

사전에 주문 제작을 했다. 그리고 딱 맞게 도착했다.

"팔라꼬?"

"이런 큰 태극기를 어떻게 팔아?"

태극기는 잘 안 팔린다. 그리고 태극기는 팔 것이 아니다.

나머지 상자에 들어 있는 것들이 내가 그날 팔 물건들이다. 이것은 만약을 위한 대비. 아마 그날 몇 달 동안 아르바이트를 한 것보다 더 많이 벌 수 있을 것이다.

"그건 입히려고."

"뭐? 입혀?"

조명득이 어이가 없다는 표정으로 나를 봤다.

"또라이가? 태극기를 어떻게 입히노? 태극기는 태극기다."

조명득은 태극기에 대한 경외감이 있는 것 같았다.

내 생각에 조명득은 사이코패스다. 선악의 구분이 없고 선악의 저울에서도 완벽한 균형을 이루고 있으니 말이다.

그런데 그런 조명득도 태극기는 사랑하는 모양이다.

그렇다. 다른 나라와 다르게 우리는 태극기를 신성시한다. 물론 나도 그렇지만 상황에 따라 달라질 수 있다는 것을 나는 이미 과거를 통해 알고 있었다.

"그라고 누굴 입힐 긴데?"

"은희랑 미선이."

"뭐?"

내 말에 조명득이 다시 어이가 없다는 표정으로 나를 봤다.

"…태극기는 찢으면 안 된다."

"찢을 생각 없거든."

"또 뭔 짓을 할라고……."

사실 우리 생활비는 거의 다 조명득이 번다고 보면 된다. 그리고 방법은 그거다. 하지만 악성 바이러스를 통한 도박을 계속하게 되면 결국엔 꼬리를 밟히게 될 것이다. 물론 조명득은 극도로 자제하고 있지만 말이다.

만약 그 사실을 나쁜 놈들이 알게 되면 골치 아파진다. 그리고 경찰이나 검찰이 안다면 더 머리 아파진다. 그래서 이제는 그런 짓을 하게 둘 수 없었다.

내 친구니까.

"있다. 모레면 다 알게 된다."

*　　　　　*　　　　　*

서울법대 교수실.

"박동철 군."

"예, 교수님!"

기말고사를 끝내고 교수실로 호출됐다. 그것도 나를 호출하신 분은 학과장님이시다.

"자네가 제출한 답안지를 보니 요약이 없더군. 자기 주관도 없고. 예전에는 주관이 뚜렷한 것 같던데."

교수님이 말한 예전이란 아마 면접 때를 말하는 것 같다.

"…죄송합니다."

"죄송할 일은 아닌데, 이렇게 답안지를 빽빽하게 채운 학생도 오랜만이야. 거의 책 수준이군."

이것은 내 공부의 흔적이면서 지식을 담는 뇌의 능력 덕분이다. 나는 이번 시험에서 형사법 관련 시험 문제에 대한 답을 엄청나게 적었다.

"아는 것을 최대한 많이 적느라……."

"그런 것 같더군. 자네가 노력하는 것은 인정받을 만하네."

교수님께서 미소를 보이셨다.

ARS 전화를 받은 이후 지식을 담는 뇌 스킬이 생겼다.

그 이후 어떤 것이든 보는 족족 외워졌다. 물론 내가 읽는 만큼 외워진다. 그래서 주구장창 외우고 있다. 우선 외운 것이 형사법 개론이다. 그리고 이제는 민법을 외우고 있다. 한 달 만에 엄청난 발전이라면 발전이다.

"아는 것을 최대한 적었습니다."

"그게 문제네."

"예?"

"그냥 형사법 개론을 복사해 놓은 것 같더군."

교수님의 말대로 난 토씨 하나 안 틀리고 옮겨놓았다.

그리고 이게 문제가 될 줄은 몰랐다.

"자네는 멍청한 천재인가?"

"예?"

"외우기만 잘하는 그런 천재 말이네."

내 생각에 천재는 조명득이다. 그냥 나는 스킬을 통해 외운 것에 불과했다. 물론 교수님은 그것을 모르시겠지만 말이다.

"죄송합니다."

"그래서 자네 형사법 개론의 학점은 C네."

정확한 답을 구구절절 적었지만 형사법 개론의 내 학점은 C로 결정됐다. 억울하다는 생각이 들었다.

많이 적기는 했지만 답을 적었다고 생각하기 때문이다.

"교수님……."

나는 눈치를 보며 기어들어 가는 목소리로 교수님을 불렀다.

"왜? 불만 있나?"

"그래도 답은 정확하지 않습니까?"

"그렇지. 문제는 그 답을 내가 그 많은 서술 속에서 찾아야 하는 것이지."

교수가 나를 보며 미소를 지었다.

"창의력이 부족해. 생각을 하고 자기의 주관을 서술했어야지. 고등학교 때 배우지 않았나? 교과서는 교과서일 뿐이라고."

"배우기는 했지만……."

"지식과 지혜는 명백히 다르네. 모든 범죄가 다른 것처럼 말일세. 불만 있나?"

지식과 지혜는 다르다.

이 한마디가 내게 벽으로 다가왔다.

결국 나는 지식을 주워 담기만 한 것이다.

"예, 아닙니다."

"왜, 더 할 말이 있나? 서운한가?"

"그게 아니고요."

"그럼?"

"C면 재수강이 안 됩니다, 교수님."

"그래서?"

교수님이 묘한 눈으로 나를 봤다.

"이왕 창의력 없는 제자를 위해서 관심을 가져주셨으니 F를 쏴주십시오."

"F?"

교수님이 어이가 없다는 듯 나를 봤다.

"예, 교수님. 다음에는 꼭 창의력을 가지고 임하겠습니다."

"학점이 그렇게 중요한가?"

사실 법대 선배들은 학점을 그렇게 중요하게 생각하지 않았다. 졸업을 하고 사법고시만 합격하면 모든 것이 달라지니까.

"교수님 강의를 다시 듣고 싶어서 그럽니다. 다음번엔 제가 창의적인 제자라는 것을 보여드리고 싶습니다."

"허허허! 교수 생활 20년에 자신한테 총질을 해달라는 제자는 또 처음이군."

"다음에는 꼭 지식과 지혜를 구분해 보겠습니다."

"좋네. 원한다면 자네 심장에 쏴주지. 팡!"

교수님이 장난스러운 표정으로 손가락으로 총 모양을 만들어서 나를 향해 쐈다.

"윽!"

"하하하! 자네는 다 좋은데 너무 많은 것을 답안지에 적으려고 하네."

"예, 교수님!"

"지식과 지혜는 다르다네. 검사가 되고 싶다고 했으니 사건 속의 핵심을 찾아낼 수 있어야 하네. 좋아, 다음 학기에 다시 보도록 하지."

그렇게 나는 내가 원해서 F학점 권총 하나를 찼다.

'군대부터 가야겠다.'

당장 내가 해결할 수 있는 것은 아무것도 없었다. 하지만 분명해진 것은 있었다. 지식과 지혜는 다르다는 것을 알았으니까. 그리고 외우는 것이 다가 아니라는 것을.

이 역시 내게는 벽인 것 같다.

                 *   *   *

"공부는 잘 되나?"

"세상에서 제일 쉬운 것이 공부 아니가."

"지랄을 해라."

"그 새끼, 뉴스에 나왔더라."

"봤다."

"속이 다 시원하다."

나도 마찬가지다.

"참, 득현이 군대 간단다."

조명득이 뜬금없는 소리를 했다.

"걔가 누군데?"

내가 되묻자 조명득이 나를 봤다.

"오득현이! 니 어린 쌤 중에 하나!"

기억이 없다. 순간 해머로 머리를 크게 한 대 맞은 것 같은 기분이 들었다.

'…이런 거였군.'

나도 모르게 지그시 입술이 깨물었다. 그래도 다행인 것은 내게 중요한 인물의 기억이 사라지지 않았다는 것이다.

만약 쌤에 대한 기억이 모두 소멸했다면 나는 배은망덕한 놈이 되는 거니까.

"아, 아하~"

기억이 나지 않았지만 아는 척했다. 모른다고 하면 이상하게 볼 테니까.

"벌써 치매 왔나?"

"그냥 장난해 본 거다. 개는 요즘 뭐 하고 산대?"

"그 새끼, 집이 망해서 군대 간단다."

"집이 왜 망해?"

"오피스텔 사기를 당했단다."

그러고 보니 조명득은 고교 동창들이랑 연락을 하고 사는 모양이다.

"그래?"

기억이 없으니 감흥도 없다.

"친구가 당했는데 어떻게 할 수가 없네."

조명득이 살짝 인상을 찡그렸다. 마치 우리가 나서자는 것 같다. 하지만 개인을 박살 내는 것도 아니고 오피스텔 사기를 친 놈들이라면 어느 정도의 규모가 있는 놈들이 분명했다. 그러니 찾기도 쉽지 않을 것이다. 이미 피해자들이 있으니 잠수를 탔을 테니까.

"그러게."

그리고 지금은 나설 타이밍도 아니었다. 어떻게든 공부를 해야 하고 검사가 되어야 하니까.

사실 지식을 담는 뇌로 한고비 넘겼다고 할 수 있었다. 어떻게든 외워지고 그걸 답안지에 쓸 수는 있으니까.

'오득현이라…….'

놀랍고 당황스러운 것은 내 어린 쌤 중에 오득현의 기억만 없다는 사실이었다. 오득현에 대한 전체의 기억이 없었다.

그게 무섭다.

다른 어린 쌤들에 대한 기억은 있으니 말이다.

'###666이라고 했지.'

이제 업그레이드가 되어서 소통이 가능해졌다고 했다. 물어보고 싶다.

왜 나와 소통을 원하는지. 그리고 왜 내게 이런 일이 일어나고 있는지. 하지만 전화를 한다면 또 하나의 기억이 지워질 것이다.

한 인물에 대한 기억이 통째로.

"운도 없게 102보충대로 갔단다. 그래서 강원도로 간다네."

"…춥겠네."

"그렇지. 아! 군대 싫어! 정말 싫어!"

사실 기억 하나가 완벽하게 소멸한다고 했을 때 지워지기 바라는 기억이 있었다. 그 기억을 떠올리는 순간, 또 그 이름을 기억하는 순간 가슴이 저려온다. 그래서 내가 가진 미래의 기억이 사라지기를 기도했다.

하지만 내게는 그런 운이 없었다.

'으음…….'

그 일을 떠올리자 나도 모르게 입술을 깨물었다.

"와 그라노?"

"명득아!"

오득현이 기억이 사라지는 순간 나도 모르게 조명득이 내 옆에 찰싹 붙어 있는지 궁금해졌다. 친구이기 때문이라고 하기에는 과한 것 같다.

"와?"

"너는 왜 나랑 항상 같이 붙어 다니냐?"

내 물음에 조명득이 나를 빤히 봤다.

"진짜 치매가?"

"뭐?"

"잊었나?"

"그냥 궁금해서?"

"니가 기억해라. 내 주둥이로 말하기 쪽팔리다."

뭔가 있다는 것이다. 단지 내가 기억하지 못할 뿐.

"우리… 친구지?"

"새끼~ 지랄을 해라. 니 생리하나? 오늘 따라 와 이라노?"

조명득은 답을 회피했고, 나도 모르게 표정이 굳어졌다. 사실 우울했다. 기억이 사라진다는 자체가 충격이었다. 그리고 지금 내 기억 중에 어떤 기억이 사라졌는지도 모른다. ###666은 하나의 기억이 사라진다고 했다.

그런데 조명득이 말한 이유도 기억나지 않는다.

'분명 두 개가 아니었는데……'

그럼 ###666 때문에 조명득이 말한 이유를 기억하지 못하는 것은 아닌 것 같았다. 그래서 더 심각하다.

"짜쓱~ 꼭 한 번씩 당장 죽을 사람처럼 그러더라."

맞다. 기억하기 싫은 그 기억과 지금 조명득이 내 옆에 있는 이유가 겹쳐지고 있었다. 그리고 그 기억하기 싫은 기억이 떠오르는 순간 미칠 것 같았다.

'…깡치 개새끼!'

그리고 또 하나 연결되는 이름.

모든 것은 깡치, 그 새끼 때문에 시작된 기억이다.

'이제는 일어나지도 않는 일이고 태어나지도 않는……'

이제 나만 잊어버리면 된다. 하지만 우연이라도 깡치 그놈을 만난다면 내가 어떻게 변할지 모르겠다.

조명득은 내게 말했다. 나와 미선은 자신을 잡아주는 브레이크라고. 하지만 내게 그 순간이 오면 그런 브레이크가 존재할지 의문이다.

"하여튼 불쌍한 자쓱~ 월드컵을 군대에서 보겠네. 히히히!"

대한민국은 월드컵이라는 열광의 도가니 속으로 빠져들고 있었다. 그리고 박동철은 이 뜨거운 월드컵을 이용해 안정된 삶을 위한 자금을 만들 계획을 꾸미고 있었다.

"폴란드랑 시합할 때 반드시 비 온다. 그리고 이긴다."

그날 동시에 두 가지 일을 한 번에 할 계획을 세웠다.

*   *   *

아르바이트로 번 돈을 모아 복권방으로 향했다.

그리고 방가연이 준 돈도 챙겨놓았다.

그녀에게 돈을 받았다는 것 자체가 양아치 짓이다. 하지만 주는 돈을 거부할 필요는 없었다.

돈은 죄가 없으니까.

하여튼 그 돈을 합해서 300만 원이다. 내 전 재산이 300만 원인 것이다. 그걸로 모든 상황을 역전시켜야 했다. 그래서 결국 이곳으로 왔다.

사실 지금까지 돈이 없어 갑갑한 면이 많았다. 공부도 해야 하고, 아르바이트도 해야 하고, 은희 시중도 들어야 한다. 그렇다고 밤에 즐거운 것도 없다. 아니, 한 번도 없었다.

말 그대로 동거, 그냥 같이 사는 것이다.

'군대도 가야 하니까.'

서울대가 괜히 서울대가 아니었다. 수업을 따라가기만으로도 벅찼다. 물론 두 가지 스킬이 생겼다. 그리고 그 스킬 중 하나인 지식을 담는 뇌 스킬로 겨우 버티고 있다. 아마 지식을 담는 뇌 스킬이 없었다면 나는 벌써 휴학하고 군대에 갔을 것이다.

'지식과 지혜는 달라.'

지식을 담는 뇌 스킬이 생긴 후로 주구장창 시간이 날 때마다 도서관에 가서 머릿속에 지식을 쑤셔 담았다.

하지만 그것을 응용하기가 쉽지 않았다.

그래서 휴학을 결심했다.

하지만 분명한 것은 지식을 담는 뇌 스킬이 엄청난 스킬이라는 것이다. 벌써 형법 판례집을 다 외웠다.

문제는 학교 수업을 따라가기가 어렵다는 것이다. 단편적이고 획일적인 지식의 흡입만으로는 창의성을 발휘하지 못했다.

서울대가 서울대인 것은 지식만 요구하는 것이 아니라 창의성과 주관성을 요구한다는 것에 있었다.

나에게는 그게 제일 어려웠다.

그러니 내게 시간이 필요했고, 나는 군대를 결심했다.

'적어도 오피스텔 두 개는 있어야 해.'

오피스텔 두 개를 만들기 위해서는 돈이 필요했다.

그리고 그 오피스텔이 생기면 탈동거도 가능하다.

'동거, 아무나 하는 거 아니다.'

하여튼 나와 조명득의 입장에서 동거는 완벽한 실패였다.

"로또로 인생 한 방?"

내 눈에 복권방이 가득 들어왔다. 만약 내가 로또 번호를 안다면 로또에 300만 원을 꼴아박았을 것이다. 하지만 미래에서 과거로 회귀했지만 1등 로또 번호를 알 턱이 없다. 그러니 내 기억 속에서 확실한 걸로 이 돈을 뺑튀기를 해야 한다.

그러고 보니 2002년은 월드컵 한일 공동 개최와 함께 로또복권 열풍이 불 때였다.

"뭐 찾는 게임 있어, 학생?"

복권방 카운터에 앉은 주인아저씨가 내게 말을 걸었다.

"못 보던 얼굴이시네. 로또 사러 왔어?"

지금 대한민국은 월드컵과 함께 로또 광풍이 불고 있다. 1등 당첨금이 100억, 200억 하니 너 나 할 것 없이 모두 로또를 사는 것이다.

서민들이 인생 역전을 할 방법은 아마도 로또뿐일 것이다. 그게 아니면 나처럼 사법고시나 행정고시를 준비해서 인생을 역전시키는 방법이다. 그리고 그런 고시에 합격하는 사람들을 가리켜 개천에서 용 났다고 했다. 하지만 앞으로는 개천에서 용이 날 수 없는 세상이 될 것이다.

로스쿨이 생길 거니까.

"예, 처음 왔는데요."

이곳에서 어떤 일이 일어나는지 알면서 모르는 척 초짜처럼 말했다.

"그럼 멍하니 있지 말고 와서 토토라도 해. 남의 영업점에 왔으면 팔아줘야지. 그게 예의잖아."

어느 순간 반말이다. 하지만 결코 무시하는 투의 반말은 아니었다. 그냥 친근감 있는 그런 어투였다.

"토토요?"

알면서 또 물어봤다. 사실 나는 토토나 프로토 광이다.

다른 조폭들이 포커나 섰다에 돈을 탕진할 때 나는 토토나 프로토로 돈을 날렸다. 그러니 나름 토토와 프로토에 대해 빠삭하게 알고 있었다.

"토토 몰라? 스포츠 토토."

"예, 잘 모르는데요."

내 말에 주인은 어이가 없는지 피식 웃었다.

보통 복권에 빠지는 사람들은 로또를 사러 왔다가 토토나 프로토에 빠진다. 그리고 그중 꽤 많은 사람이 패가망신한다. 실제로도 정선 카지노에서 돈을 잃고 자살하거나 패가망신하는 사람보다 이런 복권방에서 돈을 잃고 패가망신하는 사람이 더 많고, 그것을 아는 사람은 별로 없었다.

정선 카지노는 멀리 있지만 이런 복권방은 아주 가까이 있고 로또를 사는 사람을 욕하는 이는 없으니까. 그래서 서민에게 인생 역전은 로또 말고는 없었다. 그리고 토토나 프로토는 쉬워 보인다.

특히 프로토는 경기의 승, 무, 패를 맞히는 도박이고, 강팀만 고르면 돈을 잃지 않는다고 생각한다.

하지만 그게 함정이다. 정해진 승부는 없으니까. 그리고 강팀도 약팀한테 지기도 한다.

"정말 처음 온 모양이네."

"예, 처음이에요."

"내일 월드컵 본선이잖아. 폴란드랑 경기하는데 거기 걸어봐. 애국 베팅으로 대한민국에 걸어."

사실 나도 폴란드와의 경기에 베팅하기 위해서 왔다.

"토토 할래, 프로토 할래?"

다 알면서도 이럴 때는 눈만 껌뻑이면 된다.

'토토보다 프로토가 확률이 높으니까.'

누가 몇 대 몇으로 승리하는지 맞히는 것이 토토다. 점수를 맞혀야 한다. 그러니 쉽지 않다. 내 기억을 완벽하게 믿을 수 없으니까.

그럼 프로토를 해야 한다.

그래도 다행이다.

내가 미래에 있을 때 축구광이었던 것이.

"모르지? 설명해 줄게."

복권방 주인아저씨가 이것저것 설명해 줬다.

"저 프로토 할래요."

"그게 쉽지. 너무 욕심 부리지 말고 베팅해. 욕심 부리면 게임이 도박 돼."

사실 프로토를 게임처럼 하는 사람은 단 한 명도 없을 거라고 확신한다. 원래 모든 게임은 승패가 나오게 마련이고, 거기에 빠져드는 순간 도박이 된다.

"예."

"이게 은근히 중독이 된다. 그러니까 그냥 재미 삼아 해야 하는 거야."

맞다. 은근히 중독되는 게 아니라 완벽하게 중독된다.

내가 살던 시대에는 더 그랬다. 사설 온라인 도박 사이트가 우우죽순으로 늘어났고, 그들이 돈을 은행에다가 맡길 수가 없어서 배추밭에도 묻었다가 발각됐다는 뉴스도 나왔다.

'나중에 배추밭만 알면 대박인데……'

뉴스에서는 그곳에 150억이 묻혀 있었다고 했다. 물론 지금 시점에서 보면 미래의 일이다. 그러고 보니 내 기억만 잘 이용하면 돈 걱정은 안 해도 될 것 같았다. 문제는 그 기억에 내가 묻혀 버릴지도 모른다는 것이다.

하지만 지금은 공부에 전념하기 위한 돈이 필요했다.

"예."

대답은 막둥이처럼 잘했지만 나는 오늘 게임하러 온 것이 아니었다.

도박하러 왔다.

그래, 내 기억에 풀 베팅이다.

　　　　　*　　　　　*　　　　　*

　나는 프로토 경기 대진표를 받았다.

　월드컵 때문에 프로토 경기가 아주 많았다.

　'내 기억이 정확한 것만 베팅한다. 열 폴더를 다 맞히면? 흐흐!'

　원래는 미래의 기억을 최대한 쓰지 않으려고 했다.

　도움이 안 된다고 생각한 것도 있고, 너무 쉽게 돈을 벌면 내 의지가 꺾일 것 같았기 때문이다. 하지만 이대로는 안 될 것 같았다.

　동네가 시끄럽고 아르바이트를 하느라 공부할 시간이 없었다.

　은희는 자신이 아르바이트를 해서 생활비를 벌 테니까 나는 공부만 하라고 했지만, 여자가 벌면 얼마나 많이 벌겠냐는 것이 내 생각이다.

　그리고 미래에도 그렇지만 이때의 최저 시급은 정말 형편이 없었다.

　그래서 어쩔 수 없이 내 기억을 최대한 이용해 볼 참이다.

　'죄도 아니니까.'

　내 수중에 돈이 있어야 돈의 유혹에서 자유로워질 수 있다는 생각이 들었다.

　이렇게 사람은 자기가 보고 싶은 것만 보고, 자신이 생각하는 것만을 진리처럼 여긴다.

　"잘 찍어봐."

　"예."

"처음이라니까 힌트를 준다면 프랑스랑 포르투갈이랑 파라과이 걸어. 이기는 걸로."

"보고요."

"축구 좀 알아?"

털보 아저씨는 붙임성이 좋은 것 같다. 그리고 그의 머리 위에 떠 있는 선악의 저울이 선 쪽으로 기울어져 있다.

"좀 좋아해요."

"너무 많이 걸지는 말고."

물론 나는 300만 원을 베팅할 참이다. 이왕 내 기억을 이용할 생각을 했으니 한 방에 돈을 벌어야 한다.

'프랑스는 예선에서 탈락했지.'

아마 프랑스가 세네갈에게 질 줄은 아무도 예상하지 못했을 것이다.

그리고 그런 것을 이변이라고 한다.

게다가 포르투갈도 미국한테 졌다.

강한 팀한테 배당이 낮고 약한 팀이 이기는 것에 배당이 높다. 사실 나도 프로토 좀 했고, 미래에서는 많이 잃는 편이었다.

'한국은 무조건 이기니까.'

나는 우선 한국이 폴란드에게 이기는 것에 체크했다. 이런 것을 보고 애국 베팅이라고 할 것이다.

물론 대한민국 국민이라면 누구든 이번 2002년 월드컵에서 16강에 가기를 기원하고 있다. 그리고 히딩크 감독을 믿었다.

1년 전만 해도 오대영 감독이라는 별명이 있었지만 폴란드전에서는 2 대 0으로 한국을 승리로 이끌었다.

그리고 한국이 이길 수 있다는 의견도 많았다.

그래서인지 배당이 딱 두 배였다.

'두 배네. 거기다가 프랑스가 지는 것으로 체크하니 8배로 배당 금액이 상승하고, 포르투갈이 지는 것까지 체크하니 35배가 넘어가네.'

이대로라도 내가 가진 돈을 풀 베팅하면 1억이 넘을 것 같다.

욕심이 생겼다.

어떤 팀이 이기는지 나는 알고 있으니까.

하지만 이게 프로토의 함정이다.

경기 하나를 체크할 때마다 배당이 올라간다는 것.

그래서 욕심이 난다는 것.

그리고 돈을 잃게 된다는 것을 알면서도 노름꾼들은 무시한다. 그리고 지금 나 역시도 나 스스로도 알고 있는 그 함정에 빠지고 있었다.

물론 나는 경기 결과를 알고 있지만 말이다.

'한 번 제대로 먹고 다시 공부에 열중한다.'

나는 다시 컴퓨터를 봤다.

'독일은……'

기억이 가물가물하다.

'이기겠지.'

하지만 내 기억에 확신이 없다. 그래서 독일이 이기는 것과 비기는 것에 체크를 했다.

독일이 이긴다는 것에 체크하니 40배밖에 상승하지 않았다.

하지만 비긴다는 것에 체크하니 140배로 상승했다.

"그러다가 돈 잃어."

맞는 말이다. 하지만 몰라서 하는 말이다. 2002년 월드컵은 이변의 월드컵이라는 것을.

'확실한 것도 몇 개 걸고.'

확실한 거라면 브라질이다. 그리고 중국은 원래 개같이 축구를 못하니 진다. 그 두 폴더를 더 체크하니 300배가 됐다.

보통 이렇게 베팅하면 거의 잃게 된다. 프로토는 욕심이 화가 되는 게임이다. 아니, 모든 일에서 욕심은 화를 부른다.

'아르헨티나까지 끝!'

"다 걸었어?"

"예."

"이대로 걸면 돈 잃는데……. 그래, 인생 한 방이지. 혹시 모르지. 원래 축구는 아무도 모르니까."

자기 돈이 아니니 걸어주는 거다. 아마 내가 내민 표대로 자신의 돈으로 걸라고 한다면 절대 못 걸 것이다.

누가 봐도 지금 상황에서는 절대 맞힐 수 없는 조합이니까.

'이왕이면!'

욕심이 다시 생겼다.

그리고 사인펜으로 독일이 이긴다에 체크했다. 상대가 사우디 아라비아라서 그런지 배당이 크게 올라가지 않았다. 아직 성에 차지 않았다. 잉글랜드가 비기는 것으로 체크했다.

사실 독일과 잉글랜드의 경기 결과에 대한 기억이 없다. 여기서부터 도박인 것이다. 그리고 마지막엔 2,000배가 훌쩍 넘었다.

"여기!"

아저씨가 프로토 베팅표를 내게 줬다. 우선 내 기억에 확실한 것만 체크한 용지를 내밀었다.

'내 기억에 풀 베팅이다.'

나도 모르게 흥분돼서 지그시 입술을 깨물었다. 2,000배짜리로 1억 배당금을 꽉 채운 것이 총 일곱 장이다. 그리고 또 최대한 내 나름 안전빵으로 베팅한 것이 200만 원이다. 맞아준다면, 내 기억이 또 하나의 기적을 만든다면 돈 걱정 없이 사법고시를 준비할 수 있을 것이다.

최문탁은 자신의 사무실에서 신중한 표정으로 자신의 앞에 앉은 사람들을 보고 있다.

"서버는?"

"중국하고 필리핀으로 했습니다."

"우리와 연결되어 있다는 것은 절대 모르게 해야 한다. 우리가 관련이 있다는 걸 알게 되면 난리가 날 거다."

"잘 알고 있습니다, 형님! 바지 단단하게 세웠습니다."

"또 형님이란다. 쯧!"

"형님은 사업가지만 저는 건달입니다."

제법 덩치가 좋은 사내가 최문탁을 보며 웃어 보였다.

"무리하지 말고, 6개월마다 서버를 옮기고, 사이트 바꾸고."

"예, 형님!"

"5퍼센트가 네 몫이다. 혹시 모르니까 중국에 은신처 만들어."

"고맙습니다. 형님 덕에 동생들이 먹고삽니다."

"바지는 잘 구해놨지?"

"예, 절대 우리라는 거 모릅니다. 그런데 형님, 우 실장이⋯⋯."

조폭도 계파라는 것이 있다.

"왜?"

"새로운 사업을 시작하는 것 같습니다."

조폭들의 입장에서는 마산에서 학교나 관리하고 있는 최문탁은 좌천을 당한 것이나 다름이 없어 보일 것이다.

"사업?"

"용역 사업을 시작한 것 같습니다. 건설 철거 용역이 주가 되는 것 같고, 기타 용역도 손을 대고 있는 것 같습니다."

"그래도 머리를 좀 쓰기는 하네."

최문탁이 피식 웃었다. 따지고 보면 덩치가 좋은 남자가 말한 우 실장이란 사람은 최문탁이 모시던 형님이다.

하지만 어느 순간 자신을 경계했고, 같은 조직이지만 이제는 적보다 더한 경쟁 상대가 됐다.

광화문 광장 옆 공중화장실 앞.

대한민국~ 대한민국~

경기가 시작하지도 않았는데 붉은 악마로 분한 국민들은 대한민국을 목이 터져라 외치고 있었다.

"이게 옷이니?"

은희가 내게 태극기를 흔들며 어이가 없다는 표정으로 물었다. 이상한 것만 시킨다는 표정이다.

"치마처럼 입어주면 안 될까?"

"태극기가 치마냐고! 그리고 여기가 벌어지게 되니까 허벅지가 다 보이잖아."

미선도 못마땅한 표정이다. 애들은 모른다. 2002년에 태극기 치마와 붉은 악마 유니폼으로 탱크톱을 만들어 입으면 스타가 된다는 것을.

물론 예쁜 여자가 입어야 하겠지만.

물론 은희와 미선을 스타로 만들 생각은 없다. 그저 내가 준비한 것에 더 많은 사람들이 집중할 수 있게 만들고 싶었다.

그리고 사람들이 모여들면 우의와 태극기, 그리고 붉은 악마 깃발을 팔 생각이다. 이런 흥분된 공간에서, 섹시한 여자의 옆에서 물건을 팔면 더 잘 팔린다.

"이번에 생활비 좀 벌자."

프로토를 300만 원이나 걸고 왔다.

그리고 오늘은 비도 온다. 그럼 비옷이 잘 팔릴 것이다. 최소한 세 시간 넘게 비를 맞고 응원해야 하니까.

그렇다고 해서 우산을 쓰고 응원할 수는 없었다.

우리의 태극전사들은 비를 맞고 폴란드와 싸우고 있으니까.

"니들은 무슨 생각을 하고 사는지 모르겠다."

내 부탁에 조명득도 도매금으로 또라이가 됐다.

"입어주라."

나는 은희에게 부탁했다.

"저번에도 황당했는데……."

아마 용봉철 때를 말하는 것 같다. 그때는 벗어주라고 말해서 은희가 놀랐지만, 지금은 입어주라고 해서 이런다.

"싫으면 어쩔 수 없고."

"속바지도 없다고."

"노팬티?"

가만히 있던 조명득이 또 빙신 지랄 모드다. 정말 천재는 저런 모양이다. 평상시에 천재는 또라이처럼 보인다.

"야!

나도 모르게 욱했다. 겨우겨우 은희와 미선을 꼬시고 있는데 조명득이 초를 치고 있다.

"빙시야!"

미선이 바로 조명득의 팔을 꼬집는 것으로 응징을 가했다.

"아퍼~"

"하여튼 빙시라니까."

미선은 그렇게 말하고 태극기와 붉은 악마 유니폼을 가지고 화장실로 들어갔다.

두둑! 두둑!

어느새 날씨는 한두 방울씩 비가 떨어지고 있었다.

"알았다. 할 수 없지, 뭐. 네가 노가다 나가는 것도 가엾고."

은희도 내 부탁을 들어줬다. 사실 나는 노가다를 나갔고 은희는 편의점 알바를 하고 있다.

"…진짜 비 오네."

조명득이 나를 보며 말했다.

"요즘 일기예보는 정확하게 맞는 편이다."

"팔릴까?"

"팔리지."

"하여튼 보자. 잘 팔리면 좋겠다. 히히히!"

고급 자동차 안.

"한 번에 뜰 수 있어. 신곡도 잘 뽑았고, 너만 잘하면 바로 스타가 될 거다."

안에서 남자 하나가 꽤 예쁜 여자에게 말했다.

"예, 대표님!"

"그러니 잘해야 해. 너무 티 나지 않게 자연스럽게, 그리고 아주 열광적으로. 알았지?"

그러더니 남자가 여자에게 태극기 한 장을 꺼내 내밀었다.

"치마로 입으라고 했죠?"

"멋있지 않나? 하하하! 태극기를 치마로 입은 여자, 인터넷을 뜨겁게 달궈놓을 내 아이디어지. 하하하!"

연예기획사 대표는 호탕하게 웃었다.

*　　　　　*　　　　　*

광화문 광장은 열광의 도가니였다.

대형 TV가 설치가 되어 있고 여기저기에 중계를 위해 방송차들이 들어서 있다.

와아아! 와아아!

대한민국!

짝짝! 짝! 짝짝!

대한민국을 외치며, 또 월드컵 박수를 치며 온 국민이 경기를 기다리고 있었다.

두두! 두두두!

이렇게 빗방울이 떨어져도 아랑곳하지 않았다.

그리고 태극기 치마와 붉은 악마 티셔츠를 이용해 탱크톱을 입은 미선은 남자들의 시선을 한눈에 받고 있었다.

그리고 우리는 그녀들 뒤에서 붉은 악마 깃발과 붉은색 우의를 팔기 시작했다.

"그거 파는 겁니까?"

젊은 커플 둘이 우리 쪽으로 다가와 물었다. 비가 한두 방울씩 떨어지니 남자가 여자한테 사주려는 것 같다. 손을 꼭 잡고 있는 모습이 사귄 지 얼마 안 되는 커플처럼 보였다.

"만 원입니다."

내가 만 원이라고 말하자 남자가 살짝 인상을 찡그렸다. 비싸기는 비싸다. 원가가 300원이니까. 하지만 좋아하는 여자가 비를 맞고 있으니 안 살 수 없을 것이다.

"대한민국!"

남자의 비싸다는 말에 나는 대한민국을 외쳤고, 내 구호와 함께 조명득이 박수를 쳤다. 오늘은 온 국민이 기대하는 날이다. 그래서인지 모두가 즐거운 표정이다. 그리고 장사도 잘됐다.

"잘 팔린다. 히히히!"

"그렇지?"

"비가 왕창 와야 하는데. 흐흐흐!"

아마 비가 더 많이 오면 우의는 더 많이 팔릴 것이다.

그리고 최은희와 미선의 옆으로 꾸역꾸역 남자들이 모여들고 있었다. 우리의 붉은 우의는 불타나게 팔려 나갔다.

"벌써 우의를 300개나 팔았다."

우의 200개를 팔았고, 태극기도 200개나 팔았다.

완전 바가지요금이지만 국민들은 대한민국의 1승을 기원하면서 내가 팔고 있는 태극기와 우의를 샀다.

물론 붉은 악마 깃발도 잘 팔렸다.

'이럴 줄 알았으면 악마 머리띠도 준비할걸.'

제작 시간이 오래 걸려서 포기했는데 독촉해서라도 준비할 것을 하는 아쉬움이 남았다.

"벌써 600이나 벌었다."

조명득은 신이 났다.

"붉은 악마 우의 사세요."

찰칵! 찰칵!

그때 누군가 핸드폰으로 사진을 찍었다. 물론 우리를 찍는 것은 아닐 것이다. 우리 옆에 있는 은희와 미선을 찍는 것 같다. 하지만 왜 찍느냐고 할 수도 없었다. 우의와 태극기를 파는 곳으로 사람들의 시선을 끌게 만드는 것이 은희와 미선이기 때문이다.

'이러다가 태극기녀로 인터넷 스타가 되는 거 아닌지 몰라.'

회귀하기 전 미나라는 가수가 월드컵 때 태극기를 입고 떴다.

대한민국~

짝짝짝! 짝!

"저, 저 여자 뭐야?"

"예쁘다."

남자들은 최은희의 모습을 보고 입이 쩍 벌어졌다.

"쭉쭉 빵빵이다!"

"엘프다, 엘프!"

"우리나라에서 저렇게 태어나기 쉽지 않은데… 쩝!"

남자들은 은희를 보며 입맛을 다셨다. 원래 남자들의 눈은 똑같다. 예쁜 여자를 보면 눈이 돌아가고 입이 쩍 벌어진다. 그리고 은희는 지금 최고의 매력을 뿜어내고 있었다.

"태극기녀다!"

"월드컵 태극기녀!"

물론 지금 월드컵녀로 불리는 여자는 연예기획사가 준비한 그 여자가 아니었다. 그 여자는 아직 차에서 내리지도 못했다.

은희의 매력적인 모습이 한 대형 연예기획사의 비밀 프로젝트를 엉망으로 만들어버린 것이다.

"붉은 악마 우의 사세요!"

최은희와 미선은 우의와 태극기를 파는 나와 조명득을 모르는 척하면서 열광적으로 응원했고, 남자들은 은희와 미선의 모습에 반했다. 특히 최은희의 모습에 푹 빠졌다.

이것도 일종의 호객 행위이다.

"태극기 있습니다! 힘차게 흔들어야 태극전사들이 힘이 나지요! 붉은 악마 깃발 있습니다!"

그렇게 박동철과 조명득은 우산과 태극기를 파느라 정신이 없었다.

"만 원입니다, 만 원!"

똑똑!

응원 장소를 알아보러 나간 매니저가 돌아와 창문을 두드렸다.

"대표님, 그게……."

매니저가 난처한 표정을 지어 보였다.

"그게 뭐?"

"…좀 나와보셔야겠는데요."

"왜?"

"인터넷에 월드컵 태극기녀가 떴습니다."

놀라운 것은 인터넷이 급속도로 발달하면서 최은희와 미선은 벌써 이슈가 되어 있었다.

"뭐? 그게 무슨 개소리야?"

기획사 대표가 황당한 표정을 지어 보였다.

"벌써 난리가 났습니다! 실검 장난 아닙니다. 벌써 1등입니다!"

"이런 쌍!"

매니저의 말에 기획사 대표가 차에서 내려 매니저가 가리킨 곳을 보고는 인상을 찌푸렸다.

"허허허! 나만 머리 좋은 것이 아니었군."

기획사 대표가 경기 시작도 하기 전에 열광적으로 응원하는 은희와 미선을 보며 너털웃음을 터뜨렸다.

그가 웃을 수 있는 것은 아무리 생각해도 자기처럼 기획사의 작전은 아닌 것처럼 보였기 때문이다.

"쟤네들, 저러고 우의를 파네."

기획사 대표는 우의를 팔고 있는 박동철과 조명득을 보며 미소를 지었다. 딱 내가 어린 너희들에게 졌다는 표정이다.

"저… 어떻게 해요? 지금 나가요?"

그리 먼 거리가 아니었기에 기획사 대표는 차에 타고 있는 기획사 소속 신인과 은희의 외모를 비교해 보았다.

아니, 상대가 안 될 정도로 최은희의 미모가 출중했다. 그리고 열광적이었기에, 아마추어틱했기에 더 호응을 얻고 있었다.

"…너는 가서 노래 연습이나 해라."

"예?"

여자가 기획사 대표의 말에 황당한 표정을 지어 보였다.

"게임이 안 되겠다. 포기다."

원래 이렇게 포기가 빨라야 출세가 빠른 법이다. 하지만 이 순간에도 기획사 대표의 눈동자는 반짝이고 있었다. 물론 그의 눈동자가 향하는 곳은 은희와 미선이 있는 곳이었다.

"가슴 확대 수술 예약해."

"예?"

"비교되잖아. 이쪽이랑 저쪽이랑."

대표의 말에 매니저가 신인가수를 봤다.

그가 보기에도 한참이나 비교가 됐다.

"…예."

졸지에 신인가수는 은희 때문에 가슴 수술을 받아야 할 처지에 놓였다.

"하나는 초특급이고 또 하나도 나름 매력이 있네."

기획사 대표가 은희와 미선을 평가했다. 하여튼 은희와 미선 때문에 신인가수는 한순간에 낙동강 오리알 신세가 되고 말았다.

"뭐라고요?"

"가서 노래 연습이나 해. 박 군아!"

"예, 대표님!"

"연습실로 태우고 가!"

"아, 짱나!"

　그렇게 잔뜩 기대하고 있던 신인은 아무것도 해보지 못하고 차를 타고 사라졌다.

"그리고 수단과 방법을 가리지 말고 저기 생머리에 가슴 큰 애한테 가서……."

"예, 대표님!"

"번호 따와. 못 따오면 내일부터 출근할 필요 없어."

"예?"

　순간 매니저에게 위기가 닥쳤다.

*　　　　*　　　　*

"자꾸 우리를 찍네."

　은희가 남자들의 시선을 느끼고 내게 말했다.

　태극기와 붉은 악마 티셔츠로 탱크톱을 만들어 입고 있으니 조금은 창피한 모양이다. 하지만 예쁜 것은 확실했다.

　특히 남자라면 가슴에 눈이 갈 정도의 볼륨감이다.

'내가 너무 심했네.'

내 계획에 의해 만들어진 상황이지만 자꾸 딴 놈들이 힐끗힐 끗 은희를 보니 신경이 쓰였다. 저것들이 무슨 상상을 할지 나는 누구보다 잘 알고 있다.

나도 남자니까. 그리고 은희를 찍고 있는 것은 일반인들의 카 메라만이 아니었다. 월드컵 응원 분위기를 중계하기 위해 나온 방송국 카메라도 은희와 미선을 찍었다.

"비옷을 팔려고 별짓을 다 하네."

은희와 미선은 괜히 신경이 쓰이는지 퉁퉁거렸다. 하지만 어느 순간부터는 자신들에게 쏟아지는 시선을 어느 정도 즐기는 것 같았다. 여자들이란 다 저렇구나 하는 생각이 드는 순간이다.

"월드컵이잖아. 대한민국!"

대한민국~

짝짝~ 짝~ 짝!

태극전사들은 혼신의 힘을 깨치고 나가 끝내 승리하리라.

그리고 우리는 이사를 하리라!

"저기요……."

한 남자가 우의를 사고는 은희를 불렀다. 그제야 은희가 남자 를 봤다.

"왜요?"

"번호 좀 주실 수 있을까요?"

"저 애인 있어요."

은희가 단호하게 말하자 남자는 조금 황당한 표정이 됐다가 미소를 보였다. 그리고 은희의 말에 은희를 보고 있던 수많은 남자가 실망한 눈빛을 보이며 우리 주변을 떠났다.

"…바로 사람들이 빠지네."

조명득이 내게 속삭였다.

"괜찮다. 거의 다 팔았다."

장사하기 위해 준비한 것은 몇 개 남지 않았다.

"아~ 그게 아니라 저… 사실 태극기녀 번호 못 받아 가면 회사에서 해고됩니다. 핸드폰 번호 좀 주세요."

"왜 잘리는데요?"

"저는 JYK기획의 한천수입니다. 직책은 매니저이고요."

"그래서요?"

"저희 대표님께서 관심 있게 보고 계십니다. 제가 아가씨 번호 못 받으면 대표님이 내일부터 출근하지 말라고 하십니다."

은희가 별로 관심을 보이지 않자 매니저라고 자신을 소개한 남자가 울상이 됐다.

"예?"

"제가 다둥이 아빠거든요. 다둥이라 분유도 많이 먹습니다. 저, 회사에서 잘리면 마누라한테 죽습니다."

내 귀에는 거짓말로 들린다. 하지만 충분히 은희의 모성애 비슷한 것을 자극할 수 있을 것 같았다.

"좀 도와주세요. 나중에 전화가 왔을 때 거절하셔도 됩니다."

"핸드폰 주세요."

그런데 별로 관심이 없어 보이던 최은희가 남자에게 핸드폰을 달라고 했고, 남자가 황송하다는 눈빛으로 핸드폰을 건넸다.

"여기요."

은희가 자신의 번호를 찍어서 줬다. 하지만 남자는 혹시나 가짜 전화번호가 아닐까 의심스러웠는지 통화 버튼을 눌렀다.

"저, 거짓말 안 해요."

은희가 핸드폰을 꺼내서 보여줬다.

"감사합니다. 연락드리겠습니다!"

그렇게 남자는 신이 나서 사라졌고, 은희는 그 남자를 잠시 보다가 들고 있던 핸드폰을 가슴 중앙에 끼고 돌아섰다. 의도한 행동은 분명 아닌데 저 모습 자체도 이슈가 될 것 같다.

찰칵! 찰칵!

그때 또 은희를 찍는 소리가 들렸다.

"월드컵 핸드폰녀다!"

"저게 가슴에 꽂히나?"

"…꿀꺽! 그렇게 큰가?"

"누가 애인인지 모르겠는데, 전생에 나라 몇 번은 구했겠네."

"…부럽다."

"저 가슴에 묻혀~ 뚜뚜두두!"

난리가 났다.

그리고 나중에 알았지만 인터넷에서는 더 난리가 났다.

'연예인에 관심이 있나?'

만약 그렇다면 우의 팔아먹으려다가 연예인 하나 만든 꼴이 된다. 그것도 다른 사람이 아닌 내 애인을.

'…일이 묘해지네.'

물론 막을 수도 없다. 놀랍게도 어느 순간부터 최은희의 모습이 살짝 변한 것 같다. 조금 전까지는 아무런 설정도 없었는데 이제는 은근히 자신만의 설정을 하는 것 같았다. 그리고 좀 더 섹시하게 보이기 위해서 노력하는 것 같기도 했다.

'내가 허파에 바람을 넣은 게 아닌지 몰라.'

물론 연예인이 나쁘다는 것은 아니다.

다만 은희가 연예인이 되면 연애하기가 힘들어진다.

*　　　　*　　　　*

"시작한다!"

이곳에 모인 사람들은 목이 터져라 대한민국을 외치며 응원했고, 나도 대한민국을 응원했다. 그러면서도 다른 경기 결과가 어떻게 됐을지 궁금해 안절부절못했다.

'이기겠지.'

─꼴오오올, 꼴이에요!

신문선 해설의원이 특유의 목소리로 골을 외쳤다.

드디어 태극전사들이 선취 골을 넣은 것이다.

─이을용 선수의 멋진 패스를 받은 황선홍 선수가 대한민국 국민에게 첫 골을 선사합니다! 멋집니다! 황새, 황선홍 선수!

신문선 해설의원도 목소리가 상기되어 흥분을 가라앉히지 못하고 있다. 아마 이곳에 모인 사람들, 아니, 대한민국의 모든 국민 중에서 내가 가장 시큰둥할 것 같다. 나는 대형 스크린에 나오는 저 골 장면을 지금까지 100번도 더 봤다. 그리고 앞으로 대한민국 국민이면 나랑 똑같이 될 것이다.

와아아! 와아아!

골이 들어가는 순간 너 나 할 것 없이 서로 껴안고 난리가 났다. 물론 은희도 나를 껴안고 난리가 났다. 그저 뚱뚱한 남자만 입맛을 다시고 있을 뿐이다. 그게 좀 가여웠는지 은희가 뚱뚱한 남자를 안아줬다. 아마 저 뚱뚱한 남자는 오늘을 대한민국 축구 사에서 첫 월드컵 1승을 기록하는 날로 기억하지 않고 태극기녀가 안아준 날로 기억할 것 같다.

 —골입니다, 골! 유상철이 해냈습니다!

 그렇게 대한민국은 2 대 0으로 폴란드를 제압하고 월드컵 사상 첫 1승을 따냈다. 대한민국 축구 사에 가장 화려하고 열광적인 날의 시작을 알리는 축포가 분명했다.

 '아싸! 프랑스가 졌다.'

 폴란드전이 끝난 후 자막으로 프랑스가 충격적이게도 패했다는 자막이 떴다.

 세네갈의 돌풍과 함께 내게는 행운이 시작되는 순간이었다.

 "명득아!"

 "와……."

 조명득도 흥분한 것 같다.

 "우리 어디로 이사 갈까?"

 "뭐?"

 "하하하! 그런 것이 있다."

제10장
솔 한 갑과 붕어빵 한 봉지

따르릉~ 따르릉~

대낮부터 은희의 핸드폰이 울렸다. 그런데 핸드폰이 울리는 순간 불안한 느낌이 들었다.

'뭔가 서늘한데……'

은희가 전화를 받더니 표정이 순식간에 변했다.

"어, 어디라고요?"

ㅡ여기? 여기가 어디고? 어디쯤인지 모르겠네. 하여튼 서울 다 와 간다!"

익숙한 목소리였다.

ㅡ도착하면 연락할게. 영등포라며?

목소리의 정체를 깨닫는 순간 난리가 났다는 생각이 들었다.

"으응, 알았어, 아빠!"

은희가 전화를 끊고 나를 봤다.

"동철아!"

말 안 해도 안다.

"가자! 오시기 전에!"

나는 본능적으로 은희의 손을 잡았다.

"뭔데?"

갑작스레 난입한 나와 은희를 본 조명득이 놀라 물었다.

"은희 아버지가 서울 오고 계시단다!"

"헐~"

초비상 상황이다.

어디쯤인지 모르겠지만 방을 바꾸지 않으면 내 다리몽둥이는 부러지고 말 것이다.

'각서도 썼는데… 허튼짓하면 다리몽둥이 부러져도 원망 안 하겠다고.'

사고를 쳤다면 모르겠는데, 아무 짓도 못하고 다리몽둥이가 부러지게 된다면 억울하다.

"갑자기 왜 오신대?"

조명득도 짜증스럽게 소리쳤다.

하지만 살짝 오버하는 느낌이다. 그리고 이번 기회가 동거를 끝낼 절호의 기회라고 생각하는 것 같다.

하지만 지금 중요한 것은 내 다리몽둥이가 부러지기 전에 이사를 해야 한다는 것이다.

"뛰라!"

마음이 다급해서 그런지 나도 모르게 사투리가 자연스럽게 나왔다.

"이거 하루하루 스릴 만땅이네. 히히히!"

이 순간 조명득만 신났다.

그런 조명득을 보며 나도 모르게 인상을 찡그렸다.

'사이코패스는……'

나도 모르게 조명득이 사이코패스일지도 모른다는 생각이 들었다.

하지만 그것도 잠시였다. 지금 당장 중요한 것은 내 다리몽둥이다.

"어서 뛰라!"

대한민국 국가대표 태극전사들의 승리를 즐길 틈도 없이, 다른 물건들을 챙길 틈도 없이 우린 그렇게 지하철로 뛰어야 했다.

*   *   *

칠승파 서울 조직 사무실.

우성용역 간판을 달았다.

조문탁의 선배이면서 우 실장이라고 불리는 우성천이 차린 용역 사무실이다.

"…또요?"

우성천은 전화를 받고 인상을 찡그렸다.

─요즘 청소하는 것들이 너무 말이 많네요.

"그렇죠. 알겠습니다. 바로 교체하죠. 신경 쓰게 해드려서 죄송합니다, 사무장님."

─신경 좀 써주세요. 요즘 병원장님이 영리병원으로 전환하는 일 때문에 신경이 날카로워요.

"예, 알겠습니다."

뚝!

"이런 시발!"

우 실장은 전화를 끊자마자 욕을 했다.

"왜 그러십니까, 형님?"

"깡치!"

"예, 형님!"

"사장님, 새끼야! 우리도 좀 변하자고 했잖아!"

우 실장도 조문탁을 보고 달라져야겠다는 생각을 했다.

"예, 죄송합니다, 사장님!"

"청소원 아줌마들 관리 안 할래?"

"예?"

"또 바꾸라잖아!"

우 실장의 말에 깡치가 인상을 찡그렸다. 물론 우 실장도 전화를 한 놈이 해도 해도 너무하는 놈이라는 생각이 들었다.

"망할 여편네들이 참! 그런데 형님!"

"왜?"

"한국병원 총무부장은 해도 해도 너무한 놈입니다."

"그걸 누가 몰라?"

"제가 그 아줌마들 편드는 것이 아니라 아침에 한 시간 전에 출근해서 청소 준비 하고 퇴근하면서 청소한 걸 마무리로 또 청소시킨답니다."

엄청난 갑질이다. 그리고 그 두 시간의 임금을 총무부장이 챙겼다. 아줌마들 모르게.

사실 이 병원은 한국자동차가 후원하는 병원이다.

또한 실질적인 지배 지분은 정소연이라는 한국자동차 회장의 손녀가 가지고 있었다.

할아버지의 선물쯤으로 생각하면 될 것 같다.

"두 시간을 더 일을 시키는 거네?"

"예, 게다가 다른 병원에 비해 월급을 70퍼센트밖에 안 줍니다."

"그거야 리베이트로 계약해서 그렇지. 그래서?"

우 실장이 깡치를 노려봤다.

"…아닙니다. 바로 조치하겠습니다."

"일 처리 좀 잘하자. 일하기 싫어?"

우 실장이 짜증을 부렸다.

"아닙니다. 형… 사장님!"

깡치의 표정이 굳어졌다.

*   *   *

후다다닥! 후다다닥!

옥탑에서 반지하까지 넷이서 난리가 났다.

우선은 급한 마음에 옥탑에 있는 조명득의 짐부터 반지하로 옮겼다.

따르릉~ 따르릉~

다시 은희의 핸드폰이 울렸다.

남들은 월드컵 1승을 만끽하고 있을 때, 우리는 짐을 옮기느라 이렇게 정신이 없었다.

"…아빠다."

은희의 목소리가 떨렸다.

"침착하고."

나는 최은희에게 말했다. 침착해야 한다. 괜히 목소리라도 떨리면 의심을 할 수도 있으니까. 이래서 도둑이 제 발 저리다는 속담이 있는 모양이다.

―영등포 어디라고 했냐?"

역시 은희 아버지다. 왜 갑작스럽게 서울로 오시는지 의문스럽지만 지금은 그게 중요한 것이 아닌 것 같았다.

"어, 아빠는 어딘데?"

은희의 목소리가 떨렸고, 나머지 셋은 순간 모두 얼음이 됐다.

―강남터미널!

그래도 천만다행이다.

기차를 안 타고 오신 것이다. 만약 기차를 타고 오셨다면 바로 서울역에 내리셨을 것이고, 서울역에서 여기까지는 전철로 오면 15분밖에 안 걸린다.

그럼 영등포역에서 걸어서 오신다고 해도 20분 안에 도착하신다.

그러니 시간을 좀 더 번 것이다.

'택시 타고 오시라고 해.'

조명득이 재미있다는 듯 입 모양으로 소리도 내지 않고 말하자 최은희가 알았다는 듯 고개를 끄덕였다.

"택시 타고 오세요."

—그래야겠다. 서울 지리도 모르고 나는 지하철은 도통 모르
겠다.

또 다행이다. 택시를 탄다면 길이 막힐지도 모른다. 아니, 분
명 막힐 것이다. 지금 서울은 월드컵 최초 1승을 올렸다는 사실
에 열광하며 모든 도로가 축제 분위기로 변해 있으니까.

오늘 그 축제 분위기 때문에 월드컵 베이비도 엄청나게 생길
것이다. 사실 나도 거기에 편승해 오늘 환상적인 밤을 만들 생각
을 했다.

'지갑에 콘돔도……'

은희 아버지의 급습에 모든 계획이 엉망이 됐다.

—우리 딸, 나중에 보자.

뚝!

핸드폰이 끊기자마자 우린 다시 빠르게 움직였다.

"창문 좀 열어!"

내가 조명득에게 버럭 소리를 질렀다.

"담배 피우지 말라니까!"

미선이 조명득에게 짜증을 부렸다.

"잘못했다."

조명득이 바로 꼬리를 내렸다. 내가 은희가 제일 무서운 것처
럼 명득도 미선이 제일 무서운 모양이다.

"선풍기! 선풍기!"

그래도 웅기웅변으로 조명득이 선풍기를 켰다.

"잘 챙겼지? 뭐 하나라도 빠뜨리면 난리 난다."

"웅."

"그럼 이제부터 은희 짐을 올린다."

시간을 좀 벌었다고는 하지만 그래도 마음이 급해졌다.

"알았다."

후다다닥!

우리 넷은 다시 반지하로 뛰었다.

막장 드라마에 나오는 것처럼 이번 난리에 비하면 전쟁통 난리는 난리도 아닐 것이다.

"야, 뭘 봐!"

조명득이 빨랫줄에 걸려 있는 은희의 브래지어를 멍하니 바라보고 있는 모습에 한소리 했다.

"보, 보기는 뭘 봐."

조명득이 놀란 것이다. 바로 은희의 사이즈에.

그리고 저런 사이즈 때문에 내가 밤마다 부처님 사리를 뽑는 것이다.

"…똥철아!"

"왜? 바빠 죽겠는데."

"니 말이 사실이면 니는 부처다. 아니면 고자거나. 히히히!"

"헛소리할 시간 없다."

"그렇지."

그렇게 최대한 은희의 짐을 옥탑방으로 올렸다.

"휴~ 그럭저럭 끝났네."

조명득이 땀을 뻘뻘 흘리며 쓰러지듯 방에 앉으며 말했다.

"뭐 빠뜨린 것 없나 좀 찾아봐라."

"히히히! 하여튼 동거는 쫑 났다."

그러고 보니 그렇다. 이 기회에 머슴 생활 탈출이다. 결국 은
희 아버지께서 우리의 구세주가 된 것이다.

　　　　　*　　　　　　*　　　　　　*

옥탑방.

"…이건 무슨 냄시고?"

은희 아버지가 생각보다 빨리 오셨다. 그리고 옥탑방에 들어
오자마자 도끼눈으로 변해 은희를 쩨려보았다.

사실 내가 인사를 드릴 때부터 눈빛이 예사롭지 않으셨다.

"뭐가?"

은희는 아무것도 모르는 척하며 되물었다. 은희 아버지는 조
명득이 피운 담배 냄새를 맡으신 것 같다.

"담배 냄새인데… 가스나들이 담배 피우나?"

"누가 담배를 피워? 명득이가 밥 먹으러 와서 몇 번 피워서 그
런가 보지."

"명득이?"

은희 아버지도 명득을 안다. 아니, 모를 수가 없다.

너 고소!

그때 파출소에서 조명득이 그렇게 외쳤고, 그곳에 있던 사람
이라면 조명득을 결코 잊지 못할 것이다.

"응."

"미선이 맞나?"

은희 아버지는 은희의 말이 믿어지지 않는다는 눈빛으로 미선에게 물었다.

"예, 아버지! 맞아요. 피우지 말라고 해도 그 꼴통이 몇 번 피웠어요."

"몇 번 피운 냄새가 아닌데……."

"저녁밥은 항상 여기서 먹거든요. 걔가 골초라서요."

"어린놈이 담배 많이 피면 뼈 삭는데… 쯔쯔쯔! 꼭 그런 놈들이 나중에 지 마누라 고생시키는 기다."

"그러게요. 호호호!"

미선이 멋쩍게 웃었다.

"알았다."

담배 냄새로는 더는 추궁할 수 없다고 생각하셨는지 방 안을 둘러보다가 은희를 봤다.

"반지하에 똥철이랑 명득이 살지?"

"예, 아버지."

은희가 당황하자 미선이 애교를 부리듯 말했다.

"잠은 거서 자면 되겠네."

"그런데 무슨 일로 오셨어요?"

"그냥 딸내미 보고 싶어서 왔지."

결국 그냥 딸이 보고 싶은 아버지의 마음 때문에 운이 없었다면 박동철의 다리몽둥이가 부러질 뻔한 것이다.

하여튼 우선 고비는 넘겼다.

물론 급습일 수도 있지만 급습이었다면 전화도 안 했을 것이다.

그러니 정말 딸을 보러 오신 것이 맞았다.

"방학하면 내려갈 건데 왜 왔어?"

위기를 넘겼다고 생각되었는지 은희가 퉁퉁거렸다.

"같이 내려오나?"

"동철이는 서울에 남아서 공부한대."

"사시 준비하느라 바쁜 모양이네."

"아빠, 동철이 겨우 1학년이거든."

"와? 1학년은 사법고시 못 보나?"

은희 아버지의 말에 은희가 할 말을 잃었는지 멍해졌다. 하지만 이미 박동철은 지식을 담는 뇌 스킬을 이용해 사법고시 준비를 시작하고 있었다.

물론 주구장창 뇌에 법률적 지식을 담는 수준이지만 말이다.

"늦었는데 쉬라. 나는 똥철이한테 가서 잘란다."

*   *   *

반지하방.

사고는 엉뚱한 곳에서 터졌다.

"이건 뭐고?"

나와 조명득은 무릎을 꿇고 있고 아버지는 구석에 박혀 있던 은희가 쓰던 생리대 하나를 찾아 우리에게 흔들어 보이고 계신다.

원래는 이부자리만 펴드리면 모든 상황은 종료될 수 있었는데 말이다.

"설명해 봐라."

노한 표정이시다.

"생리대인데예."

뚫린 입이라고 조명득이 막둥이처럼 잘도 대답했다.

"이게 수놈들 사는 방에서 와 나오는데?"

의심 가득한 눈빛으로 은희 아버지가 나를 보며 물었고, 나는 힐끗 조명득을 봤다.

물론 눈빛으로 독박은 네가 써야 한다는 신호를 보냈다.

까딱 말 잘못하면 내 다리는 두 동강이 날 테니까.

"가끔 제 친구들이 왔다가……."

조명득이 변명하다가 은희 아버지의 째려보는 눈빛에 쫄아서 입을 닫았다.

"친구?"

"예."

"남자랑 여자랑 친구가 되나? 그라고 가스나들이 와 수컷들 방에 오는데?"

이번에는 은희 아버지가 나를 째려봤다.

"재수학원이 여기서 가깝거든예."

조명득이 제대로 독박을 써줄 생각을 한 것 같다.

'역시 내 친구다.'

그러고 보니 지금까지 독박은 항상 조명득이 썼다.

"확실하나?"

은희 아버지가 나를 봤다. 하지만 나는 순간 굳어졌다.

물론 은희 아버지의 질문 때문이 아니다. 은희 아버지의 뒤 앉은뱅이책상 구석에 은희의 브래지어가 내 눈에 포착되었기 때문이다.

'저거 걸리면 강남 제비 된다!'

다행스럽게 아직은 못 보셨다. 등을 돌리고 앉아 계시기 때문이다. 사실 여자들은 요상한 재주가 있다.

겉옷을 벗지 않고 브래지어를 푸는 신비로운 재주이다.

그리고 은희도 가끔 자면서 갑갑하다고 그렇게 풀어 아무 곳에나 휙휙 던지고 잤다.

그럴 때마다 가끔은 패씸한 생각도 들었다.

내가 남자로 안 보이나?

하지만 이왕 사법고시 합격할 때까지는 부처가 되기로 작심했기에 참았다.

뭐 사실 군대도 가야 하고 공부도 해야 한다.

"예, 아버지. 가끔 저 꼴통이 여자애들을 데리고 옵니다."

다행스러운 것은 조명득과 미선이 사귀고 있다는 것을 은희 아버지는 모르고 계시다는 거다.

"확실하제?"

"하모요."

상황이 위급하니 사투리가 척척 나왔다.

"믿어도 되제? 니 검사 된다고 했으니 검사가 거짓말하면 안 되제?"

"예, 아버지! 저는 절대 거짓말 안 합니다."

"조명득이!"

"예."

"…사고치지 말아라. 젊어서 사고 치면 내 꼴 된다."

"…예?"

순간 은희 아버지가 말실수를 했다.

결국 은희 아버지도 젊을 때 사고를 쳤다고 우리에게 실토하신 꼴이 되었다.

"내가 젊어서… 됐다, 치아라."

사실 은희 아버지는 다른 아버지들보다 상당히 젊으시다. 결국 은희도 사고 아닌 사고로 태어났다는 것이다.

"저희, 절대로 사고 안 칩니다."

"알았다. 똥칠아!"

"예, 아버지."

"한잔하자. 기분도 꿀꿀한데."

은희 아버지의 말에 나도 모르게 무슨 일이 있는 것은 아닌지 걱정이 됐다. 너무나 갑작스럽게 오셨으니까.

"예."

"술은 제가 사올게요."

"자취방에 술도 없나? 내가 자취할 때는 쌀은 없어도 술은 있었다. 니들, 금복주 아나?"

아버지가 젊을 때 생각이 나는지 우리에게 농담을 하셨다. 은희 아버지가 대학 다니실 때는 우리보다 더 술을 많이 드셨을 것이다.

술 마시고 시국을 한탄하는 일 말고는 하실 일이 없었을 테니까.

'자취방에서 사고를 치셨구나.'

단번에 은희가 어디서 만들어졌는지 알게 됐다.

"저희는 술 잘 안 마시는데요. 저, 재수생이거든요."

조명득은 입에 침도 안 바르고 거짓말을 했다.

"아이고 야~ 너희들 서울 와서 사람 됐네."

"하모요."

조명득이 대답하고 나를 봤다.

"동철아, 술 사와라."

"니가 가면 안 될까?"

"니가 가라, 술 사러~"

아직 조명득은 은희의 브래지어를 못 본 것 같다.

"짜슥들! 술 마시기 싫나?"

"혹시 아버지……."

갑자기 여기까지 온 것이 궁금해졌다.

"혹시 뭐?"

"어머니랑 부부싸움 하셨어요?"

내 물음에 은희 아버지의 눈빛이 살짝 떨렸다.

"싸, 싸우긴 누가 싸워. 그냥 너희들 보고 싶어서 왔지."

벌컥!

그때 은희가 급하게 방문을 열었다.

"아빠!"

은희의 목소리가 흥분에 가득 차 있다.

"와?"

"엄마다."

순간 은희 아버지의 눈빛이 더욱 심하게 떨렸다.

'가출하신 거네.'

답이 딱 나온다.

은희 아버지가 사고를 쳤고, 부부싸움을 하신 것 같다.

"와! 집 나가라고 할 때는 언제고."

맞다.

사고를 치신 것이 확실했다.

그리고 홧김에 서울로 오신 거다.

"아빠, 보증 섰다며?"

사도고 어지간히 큰 사고를 치셨다.

은희의 목소리가 매섭다.

"쩝! 애한테 못하는 소리가 없네."

"엄마다. 전화 받아라."

상황이 역전됐다. 역시 이유 없는 행동은 없었다.

"…싫다."

"받아라. 엄마가 뿔났다."

은희가 은희 아버지께 핸드폰을 건넸다. 그리고 은희 아버지
는 못 이기는 척 전화를 받았다.

은근히 눈빛을 보니 마지못해서라도 집으로 돌아가고 싶은 눈
빛 같다.

ㅡ어대고?

은희 어머니의 목소리가 차갑게 핸드폰 사이로 흘러나왔다.

'무섭다.'

사실 은희 아버지와 은희 어머니는 대학 동창이다. 그러니 동
갑이고, 은희 아버지가 평상시에도 기를 못 펴고 살았다.

그런데 이런 사고까지 치셨으니 난리가 난 것이다.

"서울! 몰라서 묻나? 와 애한테 전화했노? 내가 애가!"

그래도 은희 아버지는 우리가 있어서 그런지 크게 말했다.

'저럴 때가 아니신데……'

남자가 보증을 섰다면 바로 꼬리를 내리고 나 죽었소 해야 한
다.

술!

도박!

보증!

이 세 개는 패가망신의 지름길이니까.

―지금 당장 심야 버스 타고 안 내려오면 이혼할 줄 알아라.
니가 부처가? 아는 사람 다 도와주게. 언제 철들래? 남자는 철들
면 죽는다는데 그래도 나는 니가 철드는 꼴을 보고 싶다.

순간 알았다.

은희의 화끈한 성격이 엄마를 닮았다는 것을.

"이혼? 그래, 하자, 해! 내가 친구 좀 도와준 것이 이혼당할 죄
가!"

'이혼 당하실 죄인 것 같은데……'

말은 못했지만 은희 아버지는 큰 죄를 지으셨다.

소리는 지르고 계셨지만 은희 아버지의 눈은 떨리고 있다.

―좋은 말로 할 때 온나. 좋은 말로 할 때!

"…끊어라."

뚝!

은희 아버지는 겁도 없이 전화를 끊으셨다.

"똥철아!"

"예, 아버지!"

"남자가 불알친구 좀 도와준 것이 죽을죄가?"

"예, 죽을죄인 것 같은데요."

"이 자슥, 공처가 되겠네."

은희 아버지의 입장에서는 내가 공처가가 되면 좋을 텐데 저
러신다.

"내려가셔야겠……."

슬슬 눈치를 보며 말을 하다가 말꼬리를 흐렸다.

"와? 재워주기 싫나?"

"방도 좁고… 안 내려가시면… 으윽!"

옆구리에서 강력한 통증이 느껴져서 나도 모르게 신음 소리
를 토해내고 말했다.

"니, 와 그라노?"

"아닙니다."

요즘 가끔 이런다. 옆구리가 좀 아프다.

만성 충수염 같은 생각도 들었지만 잠깐 이러다가 만다.

"아주 가라고 고사를 지내네."

"그건 아니고요."

"됐다. 내가 간다. 치사한 놈!"

"모셔다 드릴게요. 기차 타고 가세요."

심야버스가 있지만 기차가 좋을 것 같다.

"치아라!"

삐치신 것 같다. 하지만 '치아라'고 하셨다고 정말 은희 아버지

표현대로 배웅도 안 하면 정말 삐치실 것 같아 나와 조명득은 은
희 아버지를 서울역까지 모셔 드렸다.

"똥철아!"

"예, 아버지."

은희 아버지가 내 손을 꼭 잡으셨다.

"…은희 잘 부탁한다."

"예, 아버지."

그렇게 아버지는 마산으로 다시 내려가셨다.

*   *   *

서울역 앞.

편의점에서 담배를 샀다.

조명득에게 얻어 피우는 것도 한계가 있다.

"한 대 피우고 가자."

나와 조명득은 흡연 장소로 향했고, 흡연 장소 앞 재떨이 앞
에는 반신불수의 노숙자가 한쪽 팔을 벌벌 떨며 담배 재떨이 속
에 있는 담배꽁초를 줍고 있었다.

다른 사람들의 시선이 곱지 않았다.

"와 저리 사노."

조명득의 시선이 이해할 수 없을 정도로 차가웠다.

"왜?"

"…그냥."

사실 예전 미래에도 이런 기억은 흔했다. 하지만 이런 기억이

있을 때마다 또 하나의 기억이 떠오른다.

나는 흑인을 깜둥이라고 부르지 않는다.

최소한 내가 본 흑인 남자는 우리처럼 저런 노숙자에게 차갑지 않았다. 내게 그런 기억을 준 것은 우리가 무시하는 노숙자에게 그 흑인은 자신이 피우던 담배를 갑째 준 것을 보았기 때문이다.

"여기요. 오늘은 이거 피우세요."

나는 재떨이에서 그래도 장초를 줍고 있는 행려병 노숙자에게 한 개비만 꺼내고 남은 담배를 주머니에 넣어줬다.

"고, 고맙습니다."

그런데 조명득의 표정이 묘했다.

"가자!"

"…동철아."

"왜?

"니는 니네 아버지랑 똑같네."

또 엉뚱한 소리다.

"무슨 소리냐, 뜬금없이?"

"똑같다고. 니네 아버지도 그랬는데……."

"너도 참 뜬금없다."

"똥철아!"

"왜?"

"니 거지랑 거지새끼 이야기 아나?"

"오늘은 왜 자꾸 이상한 소리만 하냐? 거지가 왜? 그리고 거지새끼는 또 뭔데?"

"모르제? 그래, 니는 너무 어렸다. 와! 벌써 붕어빵을 파네."

한참 무게를 잡던 조명득이 붕어빵 리어카를 보고 눈이 돌아간 듯 뛰어갔다.

저 새끼는 항상 붕어빵 리어카만 보면 저런다.

참새가 방앗간을 그냥 못 지나가듯 붕어빵만 보면 환장을 한다. 아마도 겨울 주식은 붕어빵일 것이다.

"너는 붕어빵에 왜 그렇게 환장해?"

"기억하려고."

"뭐를 기억하는데?"

"거지새끼! 그리고 거지새끼 친구!"

조명득이 씩 웃었다.

마치 자신만이 가진 기억 하나를 떠올린 것 같다.

*   *   *

마산역.

"아재, 오늘은 이것 피우소."

젊은 남자가 남자 아이의 손을 꼭 잡은 상태로 재떨이에서 담배꽁초를 줍고 있는 거지한테 솔 한 갑을 내밀었다.

"고, 고맙……."

거지는 몰골만 엉망이 아니라 말도 잘하지 못했다.

거기다가 반신불수로 보였다.

그런데 놀라운 것은 거지의 손에는 빨랫줄이 잡혀 있고, 그 빨랫줄에는 꼬마 아이의 허리가 묶여 있었다.

마치 아이를 잃어버리지 않겠다는 의지처럼 느껴지는 줄이다. 하여튼 허리에 줄이 묶여 있는 아이는 다섯 살쯤 되어 보이는 꼬맹이였다.

옷은 허름하지만 어디서 씻었는지 거지와 다르게 제법 깨끗했다.

"고맙습니다."

거지 대신에 꼬마가 대답했다.

"밥은 먹었능교?"

젊은 남자가 측은한 눈빛으로 빨랫줄에 허리를 묶인 아이를 보다가 거지에게 물었다.

"아, 아… 니요. 우, 우리… 아, 들이 굶……."

"이거 받으소."

젊은 남자가 지갑에서 천 원짜리 석 장을 꺼내 반신불수나 다름없는 거지의 손에 꼭 쥐어줬다.

"애랑 국밥 한 그릇 드소. 가자, 동철아!"

그렇게 젊은 남자는 돌아섰다.

"아빠!"

"와?"

"나, 이거 친구 줘도 돼?"

아이의 손에는 붕어빵이 든 종이봉투가 들려 있다.

다섯 살쯤 되어 보이는데, 그때는 자기 또래를 다 친구라고 한다.

"친구?"

"쟤."

"줘! 우리 아들 착하네."

"응."

아빠의 말에 꼬마 아이가 거지 옆에서 차가운 눈으로 아빠를 노려보듯 뚫어지게 보고 있다.

마치 얼굴을 잊지 않겠다는 것처럼.

"이거 받아!"

꼬마 동철이 거지 옆에 앉아 있는 아이에게 붕어빵을 내밀었다.

"왜 줘?"

"친구잖아."

물론 꼬마 동철은 거지 아이를 몰랐다.

어릴 적에는 다 자기 또래는 친구라고 가르치니 그냥 친구라고 말한 동철이다.

"친… 친구……."

그런데 나이는 비슷해 보이지만 말투가 달랐다.

"응. 이거 맛있어. 먹어. 아껴 먹었는데 너 먹어."

"이름이 뭐야?"

거지 아이가 물었다.

"박동철. 그럼 나 갈게. 안녕~"

그렇게 꼬마 동철은 어린 거지에게 붕어빵 봉지를 내밀고 손을 흔들며 기다리고 있는 아빠에게 달려갔다.

"친… 구……."

어린 거지가 지그시 입술을 깨물었다.

＊　　　　＊　　　　＊

　"똥철아!"

　조명득이 붕어빵을 폭풍 흡입하다가 나를 부르며 내 입에도 붕어빵 하나를 쑤셔 넣었다.

　"왜?"

　"이거 무라. 우리 친구제, 친구 맞제?"

　"오늘 왜 그러는데?"

　"내는 붕어빵 묵을 때가 제일 좋다. 니랑 있을 때도 제일 좋고. 히히히!"

　조명득은 가끔 저런다.

　가끔은 저런 모습이 정신이 나간 사람처럼 보이지만 그래도 저 녀석은 내 둘도 없는 친구다.

『법보다 주먹!』 3권에 계속…

허담 新무협 판타지 소설
FANTASTIC ORIENTAL HEROES

전왕의 검

신력을 타고났으나 그것은 축복이 아닌 저주였다.

『십자성 - 전왕의 검』

남과 다르기에 계속된 도망자의 삶.
거듭된 도망의 끝은 북방 이민족의 땅이었다.
야만자의 땅에서 적풍은 마침내 검을 드는데……!

"다시는 숨어 살지 않겠다!"

쫓기지 않고 군림하리라!
절대마지 십자성을 거느린
적풍의 압도적인 무림행이 시작된다!

Book Publishing CHUNGEORAM

유행이 아닌 자유추구 -
WWW.chungeoram.com

이계진입 리로디드

임경배 퓨전 판타지 소설

FUSION FANTASTIC STORY

『권왕전생』임경배의 2015년 신작!

『이계진입 리로디드』

**왕의 심장이 불타 사라질 때,
현세의 운명을 초월한 존재가 이 땅에 강림하리라!**

폭군으로부터 이세계를 구원한 지구인 소년 성시한.
부와 명예, 아름다운 연인…
해피엔딩으로 이야기는 끝인 줄 알았건만
그 대가는 지구로의 무참한 추방이었다.
그리고 10년 후……

"내가 돌아왔다! 이 개자식들아!"

한 번 세상을 구한 영웅의 이계 '재'진입 이야기!

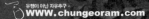

Book Publishing CHUNGEORAM

유행이 아닌 자유추구 -
WWW.chungeoram.com

paráclito

빠라끌리또

FUSION FANTASTIC STORY

가프 장편소설

막장 비리 검사가
최고의 검사로 거듭나기까지!
그에겐 비밀스러운 친구가 있었다.

『빠라끌리또』

운명의 동반자가 된 '빠라끌리또'가 던진 한마디.

-밍글라바(안녕하세요)!

그 한마디는 막장 비리 검사, 송승우의
모든 것을 통째로 리뉴얼시켜 버렸다.

빠라끌리또=Helper, 협력자, 성령.

Book Publishing CHUNGEORAM

유행이 아닌 자유추구 –
WWW.chungeoram.com

大
武

대
무
사

피와 비명으로 얼룩진 정마대전의 종결,
그리고…

"오늘부로 혈영대는 해산한다."

혈영대주 이신.
혈영사신(血影死神)이라고 불리는 그가
장장 십오 년 만에 귀향길에 올랐다.

더 이상 전쟁의 영웅도, 사신도 아니다!

무사 중의 무사, 대무사 이신.
전 무림이 그의 행보를 주목한다!

Book Publishing CHUNGEORAM

유행이 아닌 자유추구 -
WWW.chungeoram.com